沢田二郎

「らい予防法」で生きた六十年の苦闘

第一部 少年時代・青年時代

皓星社

発刊によせて

日本共産党名誉役員
前衆議院議員　金子　満広

『「らい予防法」で生きた六十年の苦闘』

この本の著者、沢田二郎さんは私と同じ群馬県利根村の出身です。沢田さんはこの本の「あとがき」で「金子満広さんは私と小学校の同級生です。肉親以外で発病前の私を知る唯一の方です」「小学校が同じであると明かすことはおのずから私の出身地が世間に知られることになります。けれども、昨年五月の熊本地裁の判決以降ハンセン病を患った者の人権と名誉はおおいに回復」、「こうした時に、ハンセン病を患った本人と家族が勇気を出して自縛を解き、自ら差別と偏見を取り除く努力をしなければ真の解決にはならないと思い、あえてこのことを明らかにしたわけです」と、その胸中を述べ、この本を書かれています。

戦時中、十三歳で強制隔離　そこで受けた人権無視の実態

この本は、沢田さんが一九三七年十月、群馬県の草津町の人里はなれた栗生楽泉園に強制隔離されてから、戦後四六年三月までの間、少年、青年時代のことがありのままに「第一部」として記されています。

「らい予防法」によって受けた人権侵害の悲惨な状態、それは戦争激化とともに加速、食事、生活苦、強制労働、さらに結婚するには断種などなど……。それらに反抗すれば一般の寮舎から離れた林のなかの「特別病室」という名の重監房に強制的に入れられる。

零下二十度にもなる草津の冬、そのなか暖房もなく、布団も上下一枚ずつ、食事は減量、そして死者、死者……。

私は、この本の「刊行によせて」を依頼され、ゲラ刷りでその内容を読ませてもらいました。――そこにある著者が体験してきたさまざまな記述――冷酷な数かずの人権無視。それにたいする入園者の心情、抵抗、さまざまなたたかい、動きなど、夜を徹して読みました。

沢田二郎さんとの再会とその後

小学校六年になったとき、私は、沢田さんの姿がみえないので「どうしたんだ」と友だちにきい

ても「知らない」、あとは沈黙。「らい病でどこかに行った」ときいたのはしばらくたってからのこと、いまも思い出されます。

その私が沢田さんが楽泉園にいるということを知ったのは戦後、日本共産党群馬県委員会で活動していたとき。一九五八年、楽泉園のある草津町議会にはじめて日本共産党の議員が誕生した選挙戦のときでした（中野泰侯補当選）。そのとき、楽泉園に沢田さんの弟、五郎さんもいっしょにいることを知りました（五郎さんは、これまで歌集五冊、その他『とがなくてしす』などの作品多数）。だが、このとき面接の機会はありませんでした。

直接会って話を交したのは、沢田さんもこの本の「あとがき」で書いているように、一九六〇年の安保闘争で楽泉園を訪ねたときでした。小学校のとき別れてから実に二十三年ぶり。それ以来「らい予防法」と人権問題、民主主義、国家賠償請求訴訟など連続したたたかい、国会請願など国会でも面談、いまでも手紙、電話の交流はつづいています。

沢田さんは反核、平和運動でも活躍しており、一九五〇年の原子力兵器禁止の「ストックホルムアピール署名」、五四年のビキニでのアメリカの水爆実験への怒りの中ですすめられた原水爆禁止の署名などにもとりくんできたことは、いまでも知られています。

そこで、この本の終わりに近いところで沢田さんは、日本共産党について、「昭和二十二年八月、日本共産党の支援を受けて患者が決起、一大「人権闘争」によって「特別病室」の残虐さが日本中に知れわたり」、大きな運動になったと書いています。

また、この時期、沢田さんは、河上肇の『第二貧乏物語』を読んだときのことなども素直に述べています。戦後の人権闘争の発展のなかのことです。

続く第二部への期待

一九四〇年代に治療薬プロミンができてから、ハンセン病が完全に治る病気であることは国際的にも明らかにされています。しかも、感染力も発症力も弱いものであることもはっきりしてきているにもかかわらず、日本政府は「らい予防法」での強制隔離、人権無視をつづけてきたのです。だが、それに屈せず、人間の尊厳をとりもどして生きようとする入園者の決意とそれを支持する広範な人びとと世論は、ついに一九九六年「らい予防法」を廃止させ、さらに九八年には熊本地裁に「らい予防法違憲国家賠償請求訴訟」の提訴。つづいて東京・岡山地裁にも提訴。

そこで、二〇〇一年五月十一日です。

熊本地裁の判決。原告側の完全勝利です。

世論も大歓迎。マスコミも大きく報道。

そして、五月二十三日。政府は、ついに控訴断念です。

長期にわたったこのたたかいは、ここに歴史的勝利となりました。

この勝利までの著者の長い歩み、経験など「第二部」への期待もここにあります。

著者は、群馬県・楽泉園から、結婚して一九八九年、静岡県・駿河療養所に移転しました。この本もそこで執筆されました。

たたかいの完全勝利のあと、昨年、日本共産党の「しんぶん赤旗」は、六月二十九日から七月一日までの三回の連載で「ハンセン病駿河療養所——新しい風」を掲載しました。

七月一日付の紙面は、沢田さんの写真とともに、次の記事をのせています。

「九九年三月、東京地裁への東日本訴訟のとき駿河療養所から原告になったのは沢田二郎さん（七六）一人。一九五七年八月に日本共産党に入った永年党員です」

つづいて、熊本地裁の判決を喜ぶ沢田さんが次のように述べています。

「どこまでも真理を求めていく共産党。真実だけが自分をつくりあげる。私たちの真の解放の道を党とともに歩めたことを誇りに思う」と。

まさに、人間解放のために困難をのりこえ、長い間たたかいつづけてきた沢田さんの感動のことばです。

「人生つねに始発駅」です。
健康に注意して「第二部」を期待しています。

二〇〇二年四月、東京にて

目次

発刊によせて　金子満広　1
一　発病・栗生楽泉園へ入園　11
二　入園当時　16
三　寺子屋もどき　25
四　熱瘤　31
五　軽症者独身寮・天城舎　36
六　所内作業　57
七　苦難の始まり　昭和十六年　65
八　病棟看護と昭和十七年事件　84
九　四畳半を買い弟と住む　105
十　義務看護・特別看護　123

十一　症状の進行　146
十二　壮丁祝賀会　155
十三　看護婦の代診外科治療　169
十四　お骨が動く　190
十五　眼科医の逆治療　196
十六　凶兆か恵みか、笹に実がなる　203
十七　豚のために全員半食　209
十八　傷丹毒と鈴木義夫君の獄死　221
十九　兄戦死　234

あとがき　244

心は融離撲滅できない

──「らい予防法」違憲国賠訴訟によせて──

一　発病・栗生楽泉園へ入園

私は小学校五年生のときにハンセン病を発病しました。昭和十年のことでした。

夏休みが終わって、服装をきちんとして学校へ行ったのですが、何か着衣の下が不快で、いつもと違う嫌な感じがしていました。間もなくまぶたの上が紅く腫れはじめ、それが少しずつ拡がってきました。そのころになると、同じ通学路の子供たちが一塊になって、私に石を投げつけたり、棒を持って待ち伏せしていてなぐりかかってきたりしました。道には山道と本通りがあり、私は、彼らが先に学校を出たと思うときは、どちらの道を行ったかを考えて道を選びました。

父は村の医者に私を連れていきましたが、医者は「わからないから」と言って水薬と散薬を一種類ずつ出し、どこか大きな病院へ行くように言うのでした。隣り村の医者にも行きましたが、同じようなものでした。その年の正月も済み、三学期が始まるころには、腫れは顔全体に及び、特にあごが紅く腫れていました。

それでも五年生を終了し、六年生として登校した日、玄関まで先生が出てきて、

「もう学校へ来なくてよい」

と言いました。仕方なく私はそのまま引き返しましたが、もうあの悪童たちにいじめられないで済むというほっとした気持ちと、先生たちまで私をのけ者にする、これで俺は人の仲間か

ら完全に除かれた、という何ともいえない淋しい気持ちで、一人家に帰りました。

家には母がいて、私を見てびっくりし、

「どうした」

と言いました。私が、

「先生が来なくていいと言った」

と言うと、母は、

「そうか」

と言ったきり、あとは一言も言いませんでした。

実は母の妹、私の叔母がハンセン病でした。それで母はこのとき、私の病気が妹と同じものだと観念したのだと思います。叔母は女子師範学校を出て、村の小学校の先生になりましたが、間もなく同僚の先生と恋愛結婚をしました。その相手は隣り村の素封家《そほうか》の息子で、相手の家では嫁にする叔母の家、つまり私の母の生家の父方、母方の先祖の血統調べをして、まったく問題ないということで結婚を承諾したということでした。ところが、嫁に行った叔母は四年間に三人の子を産み、三人目を産んだあと発病し、すぐ離婚されたのです。

祖母は、血統調べまでしてもらっておきながら、病気になったから帰してよこすとは何事か、と怒り、子供は置いていってくれというのを無理やり三人とも引き取って、自分で育てました。叔母は子供三人を祖母に預け、東京の大学病院で治療し、治って樺太（サハリン）へ行き、そこで再婚し、そのころは富山県にいる、ということを母から聞いていました。

学校で私の登校を差し止めたのは、診察したうちのどの医者かが届け出たからでしょう。そのころお寺が公民館のような役割をしていて、貧しい人たちのための健康診断なども行っていたのですが、一度お寺で日赤病院の診療があり、そのとき医者が私のあごを針で突いて、痛いか、痛くないかと訊いたことがありますので、あるいはこのときの日赤の先生が届けたのかもしれません。いずれにしても、私の病気はこの時点で公《おおやけ》になり、昭和六年に「癩予防法」が制定されて五年もたっていたのですから、本来ならただちに家屋の消毒に来たり、私を収容に来たりするわけですが、なぜか私の村では何もしませんでした。

翌年（昭和十二年）の七月中旬ごろだったと思いますが、村の巡査が、二人の男の人を連れて家に入ってきました。昼食を済ませたところで、父母と私と三人とも家にいました。二人は栗生楽泉園から来たのであり、一人は医師でした。医師は私を診察し、茶色の封筒に入った薬と、「栗生楽泉園」というパンフレットを置き、この薬がなくなるころには迎えに来るから、と言って帰りました。

その薬は大風子丸《だいふうしがん》であったことをあとで知りましたが、灰色の大きな丸薬で、味も匂いもあまりなく、飲みにくい薬ではありませんでしたので、言われた通り、一回二錠、一日三回きちんと飲んでいました。パンフレットには、療養所は自由療養村であり、治療はもちろん、衣食住すべてただ。景色も空気もよくのんびり療養できる、というようなことが書いてありました。私はここへ行くほかないなと思いました。

一ヵ月ほど薬を飲むと、身体の重苦しさが少し軽くなり、顔のむくみも、紅みもよくなった感じで、気分が良くなりました。二ヵ月ほどすると顔のむくみはほとんどとれ、紅みが茶色っぽく変わって、空気が気持ちよく感じられるようになり、気分的には病気ではなくなったように、身体が爽快になりました。

三ヵ月分という薬が残り少なくなり、心細くなってきたある日、巡査が一人で来て、十月二八日に迎えに来る、と言って帰りました。

その日迎えに来た車は、黒い大きな箱のような車でした。父と母に送られてその車に乗ると、車はすぐ動き出し、たちまち父母の姿は見えなくなりました。

見慣れた通学路を車はどんどん走っていきました。その風景を見ながら、私はなぜか、もうここで暮らすことはないのではないかと思いました。後ろに、布団を頭からすっぽりかぶって寝ている人がいました。隣り村の人だということでした。

車が学校の入口を過ぎたところで停まり、運転手でない方の人が降りていきました。間もなく、私の乗ったところの扉が開き、学生帽をかぶった少年が私の隣りに入ってきました。見るとそれは私の同級生で、一年生のときからずっと級長をしていた保志慄《みさお》君でした。私はびっくりして、

「どうした」

と訊きました。操君は、

「俺も行くんだ」

と言いました。

「そうか」

と言ったまま、私はあとの言葉は出ませんでした。彼は顔もどこもまったく変わったところはなく、ただ背がぐんと伸びていました。しかし両上まぶたがぽーっと紅く腫れていました。私が発病したときとまったく同じでした。

車はすぐ走り出し、間もなく村を通り過ぎて、知らない風景のところへ来ました。そのころから私は激しい車酔いになり、外の景色を見るどころではありませんでした。昭和十二年十月二十八日、十三歳のときです。

こうして私は形の上では強制収容ではなく、栗生楽泉園へ入園しました。

二　入園当時

車は事務分館に着き、私と操君はそこで降ろされ、もう一人後ろで寝ていた人はそのまま病棟へ連れていくのだといって降ろしませんでした。そして私たちは舎へ連れていかれました。

そこで同じ病気の人がお茶をいれてくれ、私たち二人の前にそれぞれ箱膳を置いて、その上に乗せてくれました。そして囲炉裏《いろり》の上に鍋をかけて炊いていた魚を、「今夜のおかずは煮魚だからな」と言って皿に乗せ、ご飯とともに膳に乗せてくれました。操君はうまそうに食べていましたが、私はまだむかついて食べられませんでした。

車酔いなら廊下へ出て涼しい風に当たっていた方がよい、とご飯の世話をしてくれる人が言うので、廊下に出ていました。すると、久留米がすりの着物に揃いの羽織を着た背の高い、大きな頭と顔をした人が前へ来て、

「俺がわかるか?」

と言いました。

私はその顔を見てびっくりしました。いったん腫れたのがもとに戻ったためでしょう、しわだらけの顔になっていましたが、それはまぎれもなく従兄《いとこ》の顔でした。私は思わず、

「やっちんか?」

と言いました。

病気の叔母がいたことは前に書きましたが、この従兄はその叔母の長男で、母の実家で育て

られていましたから、よく行き来していました。年が六つ違うのでよく一緒に遊ぶというわけにはゆきませんでしたが、やっちゃんと呼んでいたのでした。この従兄と同じ寮舎が良いだろうということで、私は第二報恩舎、操君はその後ろの第一報恩舎に入れられることになりました。

部屋は四部屋あり、従兄は二号室、私は四号室に入ることになりました。誰一人知る人のいないところへ来るはずだったのに、家を出るとすぐ操君に会い、来たら従兄がいたことで、私は大いに安心しました。そして決められた部屋へ移るとすぐ、支給というか貸与というか、与えられた上下とも白い布団に入って寝ました。寝るとまた自動車に乗っているようにぐらぐら体が揺れて気持ち悪く、目をつむっているとうとうとしてきました。すると「よろしくお願いします」という女の人の声がするので、目を開けてみると、年配の女の人が、畳に両手をついて丁寧に頭を下げていました。そして頭を上げると立ち上がって部屋を出ていきました。

私はそのあとすぐ眠ってしまいましたが、その人が叔母であったことをあとで知りました。そして、祖母や叔父はなぜ私がここへ来る前に二人のことを知らせてくれなかったのか不思議に思いました。祖母は私が入園する前の日に会いに来て五十銭くれましたし、叔父は私が発病したとき、その学校の教頭をしていて、私の顔をじぃーっと見ていました。なぜ二人がいることを言わなかったのか、今だにわかりません。

翌朝、目が覚めると、寝ているのは私だけでした。驚いて起き上がると、布団はこの押入れに入れるように、洗面所はここ、便所はここと、間庭《まにわ》さんという人が教えてくれました。そうしたことを済ませて廊下に立っていると、従兄が庭に来て、

「おっ、起きたか。庭へ出ないか」

と言いました。そして従兄は、寮のすぐ前の丘を、つぶれたやかんと残飯を入れた鍋を持って上っていきました。

丘の向こうは深い谷で、丘の裏側に屋根も周りも笹で囲った鶏小屋があり、その中に鶏が五羽いました。従兄はやかんの水を缶詰の空缶に入れ、細長い木の餌箱に鍋の残飯を入れ、その上から麸《ふすま》をかけて棒でかき回していました。私は深い谷向こうの山々を眺めました。それは昨日までの風景とはまったく違う風景であり、山々でした。このとき初めて私は、まったく知らないところへ来てしまったという底知れぬ孤独感に襲われ、涙が溢れ出ました。

孤児は泣かないといいますが、このとき涙を流して以来、私は一切泣けない人間になっていました。

突然すぐ近くで、「ウワーン」というサイレンの大きな音が鳴り響きました。従兄が、「朝飯のサイレンだ、行こう」と言いました。

十二畳半の部屋の中央よりやや奥に細長い炉があり、その炉の炭火の上に大きな鍋に味噌汁を入れてかけ、ご飯は十人分入るという厚いア

ルミの飯器《はんき》を炉のそばに置き、めいめい自分の箱膳から碗を出して自分でよそって食べるのでした。ご飯と味噌汁だけ、他は漬物も梅干一つありません。ご飯はこの当時は米六分、押し麦四分の麦飯でした。それは大丈夫だったのですが、入園当時一番困ったのが、この、おかずが一品だけということでした。味噌汁や煮物はまだいいとして、納豆や煮豆もそれ一品だけで、私は納豆は食べられなかったし、甘い煮豆はおかずになりません。日曜豆といって、日曜日の昼は必ずこのうずら豆の煮豆が出るのでした。

ご飯を食べ終わると当番の人が汁鍋と飯器を洗って片づけ、部屋の掃除をするのでした。部屋には私を含めて五人おり、あと二人は病室に入っており、そのうちの一人は私より一つ年上の子供で荷物も少ないから、私と二人で三尺の押入れを使うのだと言っていました。私は小さいから当番は当分の間免除すると言ってくれました。

炉の奥に座っていた菰田《こもだ》さんという人が、九時半ごろに医局へ連れていくからどこへも行かないように、と言って出ていきました。白衣を羽織った人や、菜っ葉服を着た人などが庭をつぎつぎに通っていきました。一号室から三号室までにいる人たちでした。また「ウワーン」とサイレンが鳴り、驚いている私に、間庭さんが教えてくれました。

「あれは作業（患者作業。園の運営に必要な労働を一定の賃金を与えて患者にさせていたもの。五十七ページも参照）始めのサイレンだ。皆作業に行ったんだ。十一時に作業終わり、十一時半に昼飯、一時に午後の作業始め、三時に作業終わり、四時にご飯、九時消灯、それだけサイレンが鳴る。覚えておくと便利だよ。俺は内掃除作業だから、これから便所掃除をする」

と言って、間庭さんは立っていきました。

菰田さんに連れられて、私と操君は医局の内科へ行きました。男の先生の前に腰かけさせられましたが、何か二言三言聞かれて終わりでした。何を聞かれたか覚えていませんが、たぶん生年月日とか、痛いところ、苦しいところはないか、というようなことを聞かれたのだと思います。操君もすぐ終わりました。菰田さんは私に、

「お前は鼻が悪いようだから耳鼻科へ行こう」

と言い、操君には、

「お前はどこも悪くないようだからこれで帰っていい。一人で帰れるか」

と言いました。操君は「帰れる」と言って帰っていきました。私は耳鼻科に連れていかれ、鼻をいじくられたので、鼻の奥がじいーんとして涙が出ました。毎日来いと言われましたが、こりごりして二度と行きませんでした。一時は鼻がつまって息苦しいこともありましたが、薬を飲んでからよくなり、そのころはほとんど何ともなくなっていたからです。

午後、操君も退屈したらしく、そのへんを見て歩こうかと誘いに来ました。私たちは、私の入った部屋のすぐ前の方にある豚小屋を見に行きました。丸まると太った大きな豚が、小屋の

奥で寝ていました。手前に木の餌箱があり、残飯がこびりついていました。よく見ると、豚の陰から白黒のぶちのねずみがこちらを見ているのでした。このねずみはその後園内のいたるところでたくさん見られました。誰かが飼っていた白ねずみを逃したためだということでした。

私たちは午前中に来た医局の横を通っていつしか正門の外へ出、自動車道路のところまで行っていました。昨日この道から来たんだなあ、と slope操君は言いました。私も、この道が家まで続いているんだ、と思って眺めました。

間もなく後ろから門衛がぶらぶらと歩いてきて、「今日はいいけど、これからはあの門から外へ出てはだめだぞ」と言いました。それで私たちはもうどこも見て歩く気がしなくなり、まっすぐ寮へ引き返しました。門衛の建物の中にはそのころ手錠が二組ぶら下げてあったことをあとで知りました。

翌日、間庭さんと一緒に大風子油《だいふうしゆ》注射に行きました。医局の玄関を入ったところが広い待合室のようになっていて、中央に長い木製の腰かけが置いてあり、注射はそこに腰かけて打ってもらうのでした。腰かけると、打ってもらう場所、腕とか、太腿とか尻とかの肌を出し、看護婦は出している肌を消毒綿で拭いて、太い針を刺し、油液を押し込みます。一人五ccで、十ccの注射器を使用していましたから、一人打つと新しい消毒綿を取って針を拭き、その綿でつぎの人の肌を拭いて、ぷすりと刺すのでした。

二人打つと注射器は空になり、看護婦は後ろの机の上に置いてある五百cc入りの瓶から油液を出して、ポンプを抜いた注射器へ詰め、ポンプを挿してまたつぎの人へ打つのでした。打ってもらった人は消毒綿で針の穴を押さえ、後ろの壁ぎわに置いてある長い腰かけにかけて、ごしごしとそこをもむのでした。看護婦が三人いれば三列、四人いれば四列に並んで順番に打ってもらうのでした。

痛いだろうなと後ろから見ていましたが、私も番が来て打ってもらいました。何人も同じ針で打つので針が刺さらなくなり、肌がへこんでからやっと刺さりました。それも痛かったのですが、液が入るときはもっと痛く、めりめりと肉を引き裂くような感じで、そこへ大きな玉でも入れられたような痛みでした。よくもまないと散らないからよくもんでいこう、と間庭さんが言い、私たちも壁ぎわへ腰かけてもみました。私は太腿、間庭さんは腕でした。

今から思うとずいぶん乱暴な治療だったと思います。その注射場はコンクリート床で、土足で入るのでした。医局全部が土足でしたが、道は舗装などまったくなく、霜や雨でぬかり、雪溶けには泥田のようになって、長靴をとられるほどでした。医局玄関の入口に靴を洗う流しはありましたが、それにしても注射場の床は泥だらけでした。それでも私は一日おきの注射にまじめに通いました。

入園して十日ほどたったときでした。菰田さんが、一緒に来た人が死んだから今夜お通夜に行くように、と言いました。自動車の中で寝ていた人のことでした。

部屋の人と一緒に通夜に行くと、頭が禿げ、手の指が曲がった人が普通の服を着て、首に袈《け》裟《さ》だけをかけてお経を読みました。何人もの人がそれに合わせてお経を読んでいました。終わると一人一人の前に、お茶と小さな袋に入ったお菓子が配られました。

翌日、前夜と同じ人がお経を読んでから、棺に二本のロープをかけ、そのロープに長い棒を通し、黒い布をかけて、二人で担いで火葬場へ行きました。私も操君もついていきました。火葬場でまた少しお経をあげ、棺を窯の中へ入れました。そして人々は帰りはじめました。

私たちも帰ろうとすると、二人はこっちへ来いと言われ、窯の後ろへ連れていかれました。そして、

「お前たちはこの人と一緒に来たんだから、火はお前たちがつけろ」

と言って、新聞紙を細長く丸めたものと、小箱マッチを渡されました。操君が新聞紙を受け取り、私がマッチを受け取りました。火のついた新聞紙を小枝がびっしりつまっていた焚口に入れると、火はすぐ小枝に移り、パチパチと燃えはじめました。「よし、ついた」と、火をつけろと言った人が言いました。

私と操君はその場を少し離れ、煙突を見上げると、早くも煙突から白い煙がぽやー、ぽやーと出てきました。そしてそれはたちまちもうもうとした黒い煙になってきました。人を燃やす煙だと、嫌な気がしました。

私と操君が帰らずにいるので、一人の人が「おい、中を見てみろ」と言って、焚口の上にある丸い覗き穴のふたを開けて見せてくれました。私たちはかわるがわる中を覗いてみました。中いっぱいにオレンジ色の炎が後ろへ流れてゆく、その炎の間から頭の骨が白く丸く見えました。本当に恐ろしいと思いました。

三時に骨上げだからそれまでに来ればいい、と言われて、私たちは細い道を監禁所の前を通って帰ってきました。

監禁所は、火葬場から二十メートルほど離れたところにありました。大人の背丈の二倍以上もある高い、分厚いコンクリート塀に囲まれた建物で、道に沿って建っていました。中央に太い鉄棒を並べた観音開きの扉があり、中の建物は木造で、人がかがんで入れるぐらいの格子の扉のついた部屋がいくつかありました。窯の中の恐ろしい光景を見たあとだけに、この建物の前は嫌な気持ちで、二人は急いでその前を通り過ぎました。

三　寺子屋もどき

翌昭和十三年の四月から、私は学校へ行くことになりました。

園内には、尋常高等小学校を卒業しないで入園した子供が十二、三人いました。そのうちの五人ほどが、大阪の外島保養院から来ていた室谷先生という人に勉強を教えてもらっていました。

昭和九年に起きた室戸台風のため、外島保養院は大打撃を受けました。復旧までの間、外島の患者たちは数ヵ所の療養所に分散して預けられていましたが、草津楽泉園でも九十八人を委託患者として受け入れていました。室谷先生もその一人で、同じく外島から来た児童患者に勉強を教えるため、楽泉園で初めての「学校」を始めたのです。

その室谷先生が、新しくできた邑久光明園に行くことになり、そのあとを藤原時雄先生が引き受けることになって、私や、私のあとに入園した二人を加え、七人が藤原先生の家の六畳の部屋で勉強することになったのでした。

藤原先生は私より少しあとに入園した人で、師範学校を卒業し、教諭の免許を持っていました。四畳半に六畳、玄関、お勝手、便所のついた一戸建の家を買って入園しましたので、その六畳間で勉強を教えることにしたのでした。

療養所の中で一戸建住宅とはどういうことかと、不思議に思われる方もあると思いますので、それについて説明しておこうと思います。

栗生楽泉園は、草津温泉街にあった患者部落「湯之沢」を解散させ、そこの患者を収容することを目的として建てられた療養所でした。湯之沢の患者部落とは、草津温泉がハンセン病に効くといわれ、全国から湯治に来る患者を対象に、同じハンセン病患者が旅館を経営していたことから始まったものです。私も正確には知りませんでしたが、二十人から三十人くらいは宿泊できる旅館が十軒ほどあったようです。それに付随して米屋、味噌・しょうゆ屋、酒屋、八百屋、理髪店、雑貨屋、食堂、薬屋、質屋などなど、およそ社会生活に必要なありとあらゆる商店や職業がありました。建築請負業、土建業まであったのです。これらはすべて一般の法律に基づいて営業しており、税金も払っていたのです。

この他に、英国の貴族、コンウォール・リー女史が私財を投じてやっていた「ステパノ館」、「聖バルナバ医院」、同女史が患者の少年少女全体を対象にして設立した「聖バルナバ望学園」という学校もありました。このように患者部落「湯之沢」には、当時八百人以上の住民がいたのです。この部落を解散させ、収容しようという計画ですから、尋常一様の手段では成功しないと考えたのでしょう。考え出されたのが、栗生楽泉園だけの、他の療養所には絶対になかった「自由地区」という一戸建持家制度でした。

当初二十三万坪といわれた広大な敷地の約半分が、三井報恩会その他の財閥が出資して設立した「栗生楽泉園慰安会」の土地であり、その土地へ同慰安会が、六畳と四畳半に玄関、便所、お勝手つきの十坪住宅を建て（私が入園した当時、約五十戸の一戸建と、六畳、四畳半などの長屋も建っていました）、一軒につき五百円とか四百五十円とかを慰安会に納めると、それを寄附金として受け取り、寮の名称と、その寮に住む権利を与えることを記した証書をくれたのでした。そうして住むには健常者が付添いとして来て住んでもよく、ただし健常者の場合は、月額七円五十銭の食費を払うことになっていました。湯之沢にいる人は自分の持家に住んでいる人も多く、健常者の奥さんのいる夫婦も大勢いましたから、そうした人たちが入所しやすいようにと考え出された制度に違いありません。藤原先生は独身でしたが、その中の一軒を買って住んだのでした。

六畳間を子供の勉強部屋にして教えてくれたのですが、とうてい学校といえるようなものではなく、寺子屋にも及ばないものでした。寺子屋は読み書きそろばんを教えたといいますが、この「藤原教室」は読みだけで、書きもそろばんもありませんでした。教科書といえば読本、算術、修身、それに地理か歴史か何か一つあったような気もしますが、はっきりとは憶えていません。それだけで、習字用のすずりも筆も、絵を描くクレヨンも絵の具も何もありませんでした。大学ノート一冊と鉛筆一本と先の教科書を、藤原先生が分館長（現在の福祉室長）にかけ合ってやっと出してもらったということでした。机は薄い松板を障子の枠ぐらいの角材に打ちつけた小さなもので、それを一人一人の前へ置き、その上に教科書を広げるのでした。

ここで教わることになったのは、万馬修、井村茂兵、角一美、吉川芳枝、道端久美、以上が室谷先生に教わっていた者で、それに岡義一と私が加わって計七人でした。万馬修は私と同じ年でしたが、入園前と入園後「室谷教室」へ通うまでの間が空いてないので高等科二年。井村茂兵は私より二つ年下でしたが、私が二年遅れたため私と同じ尋常六年。吉川芳枝と道端久美は私より三つ年下で五年生でした。この道端久美は、外島保養院の委託患者で、邑久光明園ができて六月十三日にそちらへ移っていきました。わずか二ヵ月ほどの同席でした。道端久美が去ったあと、間もなく笹木英男が入ってきました。彼は私より一つ年下でした。もう一人滝修という子がいましたが、彼は足の傷で病室に入室していてほとんど来ませんでした。以上が藤原教室の最初の生徒でした。

そんな状態ですから、ろくに勉強することにはなりません。一時間目が終わると、大風子油注射がある日は注射に行きましたが、注射がなくて天気のよい日はたいがい、遠足といって近くの山野を歩いて回りました。午後出かけるときは少し遠い婣泉《えんせん》の滝とか、湯の平温泉とかへ行くのです。婣泉の滝へ行くには崖道があり、湯の平へ行くにはゆらゆら揺れる吊橋がありましたので、二人の女生徒は恐がりました。藤原先生は手を引いたり、抱いたりして渡していました。

秋になって栗が実ると、毎日のように栗拾いに連れて出てくれました。当時はまだ周囲の谷は原生林で、大きな栗の木がたくさん生えていました。園内の人が皆行って拾うので、あまり落ちていないときもあります。そんなとき、藤原先生は大きな木にするするっと上っていって、木をゆすって落としてくれました。そんなことから、園内の人たちから「栗拾い尋常高等小学校」といってからかわれました。

そのころ藤原先生は三十三歳ぐらいだったと思いますが、「お前たちは僕の年まで生きられないのではないか」と言っておりましたので、こんな小さい子供たちが親兄弟から遠く離れて、短い生涯を終えなければならないのなら、その日その日を一日でも故郷を忘れ、淋しさを忘れ、明るく、朗らかに過ごさせてやるのが、勉強を教えるより大事な僕の役目ではないか、と思っていたのではないでしょうか。

私たちは、天気さえよければほとんど外で遊んでいました。キャッチボールをしたり、陣取りをしたり、何とはなしにあちこちとぶらぶらしたりして、よくよく暗くなってあたりが見えなくなるまで外にいたのです。それは、大人たちの部屋に一人一人別々に入れられていて、部屋に帰れば話し相手も遊び相手もいなくなってしまうからでした。少年舎を建ててもらおうじゃないかとよく相談しましたが、誰にどうやって交渉すればよいのかわからず、気勢を上げるだけで結局具体的な行動にはなりませんでした。けんかもよくしましたが、七、八人しかいない少人数ですから、けんかしたまま仲たがいするわけにはゆきません。すぐもと通り仲良く遊ぶのでした。そして、誰か家から物が送られてくると、それを持ってきて皆に食べさせてくれるのでした。

その年の秋、藤原先生は所内結婚することになり、断種手術(ワゼクトミー)を受けました。相手の女性は女学校出の新入園患者で、軽症の美しい人でした。私たちは大人の中に入れられていて、大人たちは毎日男女の話ばかりしていましたから、先生が何のために手術したのかよく知っていました。

先生が手術して寝ている間は学校は休みでしたが、回復すると、先生の家ではなく、新築された独身寮の十二畳半四室がそっくり空いていたので、そこを使うことになりました。そのころ子供たちもつぎつぎ入園してきて、先生が結婚しなかったとしても、六畳一間では入りきれなくなっていたのです。独身寮へ移ったときには生徒は十人を超えていました。

前年に始まった日支事変は連戦連勝で、まだ日常生活への影響はほとんどありませんでしたが、なぜか売店の菓子袋がなく、その袋貼りをここで午後から毎日やらされました。当時お菓子はすべて量り売りで、ロール紙の袋に入れて売るのでした。その袋にする紙を、『婦人倶楽部』とか『中央公論』とかの古雑誌を壊して、荒木さんという人が、紙屋か何かの職人だったのでしょう、半月形の包丁で袋になるように切ってくれていました。それを皆で勉強机の上で貼ったわけです。

四　熱瘤

　そのころ草津高原は寒く、十一月初めからちらちらと雪が降り、十二月初めにはもう五十センチぐらいの根雪《ねゆき》が積もっていました。寮のすぐ裏の諏訪の原という草原は、雪が降ると初心者には恰好のスキー場になりました。私と、私の半年ほどあとに寮に入った一つ年下の笹木英男君は、土、日はもちろん学校から帰るとすぐ、夜も月の明るい夜は八時ごろまでその原っぱへ行ってスキーに乗っていました。大風子油注射もよく効いて、そのころ私は病気など忘れている状態でした。

　ところが、忘れもしない昭和十三年十二月二十四日に高熱が出たのです。おそらく四十度以上の熱だったと思います。意識がもうろうとして、部屋の人たちが朝食をとるのも、私に「起きてご飯を食べろ」と言ってくれるのも、遠いところの出来事のように感じられ、起きようとする気も起こらず、ただうつらうつらとしているだけでした。一日じゅうトイレにも起きずそうしていたので、部屋の人が心配して知らせたのでしょう、従兄《いとこ》が鮭缶と白菜の千切りを持ってきてくれました。

　起きて少しでも食べないと体が弱るからというので、体を起こしました。外は暗くなっていたので、従兄は夕食後に来てくれたようです。白菜の千切りはさっぱりしておいしいと思いましたが、鮭缶は生臭く、ご飯はのどを通りませんでした。

翌日も同じ状態でしたが、顔や手足に大きな紅い瘤ができてきました。熱瘤《ねつこぶ》でした。患者たちは症状を見たままに熱瘤といい、医者もそれに合わせて「熱瘤」といっていましたが、当時の医者は正確には「急性結節性紅斑」といっていました。大風子油治療の反応でした。今では「らい反応」といい、副次的病変とか随伴性病変とかいっていますが、いずれにしても治療をしなければ決して起きない病変です。ですから大風子油治療には相当の効果があったわけです。

翌日私は病室に入れられました。そして、浅間山の火山灰のような黒いざらざらした薬と白い粉薬とが混じった散薬を飲まされました。黒い方はほんとに灰のようで、味も匂いもありませんでした。白い方は少しすっぱかったので、アスピリン系の解熱薬だったのでしょう。薬はそれだけで、あとは午前九時ごろと午後三時ごろ、看護婦が体温と脈拍を計りに来るだけでした。それ以外の看護はすべて、軽症な男性患者がいわゆる「患者作業」でやっていました。

相変わらず熱は下がらず、ご飯が食べられないので、五分粥に梅干しを出してくれました。みかんは甘くて食べられませんでしたが、梅干しとゆるいお粥は食べられました。もうろうとした意識の中で、おいしいと思いました。しかし、熱瘤はますますひどくなり、顔全体、枕をつける後頭を残して頭にも一面に出ました。触ると猛烈に痛く、そのため頭を横に向けることもできません。脚も太腿部から足の裏にまで出て、便所に行こうとして床に足をつけると我慢できないほどの痛みでした。それでも、ベッドの横で便器を借りてするなど知りませんでしたから、約十メートルほど離れた便所へ行っていました。一ヵ月ほどはほとんどこうした状態で、その間何があったかまったくわかりませんでした。

明けて昭和十四年の一月の末になって、ようやく熱が三十七度台まで下がるときがあるようになり、真紅の熱瘤の色が茶色味を帯びてきて、少ししわが寄ってきました。意識もはっきりしてきて、だいぶ楽になったと思いましたが、その代わりどうも腹が苦しいと思いました。食事は全粥になってどんぶり一杯、そのうえ味噌汁も飲めるようになったので、両方を全部食べると腹がぽんぽんに膨らんだ感じになり、仰向けに寝ると苦しくてしょうがないのです。高熱が続いたせいで腹膜炎を併発したためでした。それから看護人が腹一面に油薬を塗り、腹帯をしてくれました。シャツも着物もたちまち油に染まり、洗濯してもらっても落ちなくなりました。

そのうえ私は激しい下痢に悩まされました。それで、いったんベッドで起きていられるようになったのに、再び起きられなくなりました。浅間山の火山灰を飲まされているからだと私は思いましたが、そうではなく、腹膜炎の影響だったようです。

二月の十日ごろだったと思います。突然母と兄が面会に来ました。「お前が大病だとやっちゃんが知らせてくれたので」ということでした。従兄は、熱瘤で腹膜炎を併発し、下痢をするようになったら助からないと聞いていたので、私も助からないだろうと思い、そういう内容の手紙を出したようでした。それで二人はとるものもとりあえず飛んできたというわけです。母は風邪で一週間ほど寝ていたのだが起きてきたと言い、首筋など垢《あか》で汚れていました。

兄は母の横で、ずっとハンカチで顔を押さえて泣いていました。この兄は昭和十九年十一月、パラオ島の逆上陸作戦で上陸用舟艇とともに海のもくずと消え、お骨も帰ってきませんでした。優しい兄でした。

母は気丈な人で、涙も浮かべず、私の顔をじいーっと見ていました。私は家を出てから初めて母や兄に会えたのですから、もっと感激してもよいはずでしたが、ベッドに起き上がって話をすることもできず、泣けない子供になっていましたから、多くは語りませんでした。母たちは、また来るから必ず元気になって待っていろと言い、五円置いて帰っていきました。

従兄が助からないと思ったにもかかわらず、私は死にませんでした。三月中旬ごろには腹膜炎も治り、熱もほとんど出なくなりました。

そうなると腹がへって腹がへって、商人が来るのを待ちかまえていて、あんパンやのり巻きずし、お菓子などを買って食べました。こういったものは当時、湯之沢の同病者の商人が、病室の中まで売りに入ってきていたのです。

のり巻きずしはおせきさんというおばさんが

一日おきぐらいに来ました。あんパンやお菓子は男の人が二人ぐらい売りに来ました。羊羹、大福もちは正月（屋月）という菓子職人が自分で作って持ってきました。こうして来る人来る人から買って食べましたが、食べても食べてもすぐ腹がへりました。このときに、母が置いていってくれた五円が大いに助かりました。

こうして食べたおかげでしょう、初めて病棟の庭へ下りたときには踏み石が上れず、両手をついてやっと上ったのが、四月末にはすっと上れるようになり、完全に治ってしまいました。そして五月十日に退室しました。

五　軽症者独身寮・天城舎

昭和十四年五月十日に病室から退室することになりましたが、外に慣れるまで、しばらく自分のところに来るようにと叔母に言われ、私は叔母の家へ退室しました。叔母は外島の人たちが帰ったために空いた六畳と三畳の一戸建を買って住んでいたのです。初めは従兄《いとこ》と一緒だったのですが、従兄は新しく入園した健常者のような軽症の女性と結婚し、夫婦舎へ行ったので、叔母は一人で住んでいたのでした。

一ヵ月ほどしてもとの部屋へ戻ろうと思い、そこの世話係（七十一頁詳述）をしていた高田孝さんにその旨言いに行くと、あそこへ戻るんなら俺の部屋へ来いよ、と言うのでした。高田さんは演芸部（演劇部といってよいような、いわば劇団。春秋二回の演劇発表と盆踊りを主催していた）で前年一緒に芝居をしてよく知っていたし、その他の同室の人も二人演芸部員で、知らない人は一人だけでした。私はこちらの方がいいと思い、そこ（天城舎）へ入れてもらうことにしました。

十二畳半五人定員で、四室ありましたが、私が入った一号室以外の三室は空いていました。私が入園したときには何もない、ただの草原だったところには、昭和十二年度予算と十三年度予算で独身舎十一棟、夫婦舎五棟が建ち、夫婦舎はいっぱいになっていました。一方、独身舎は六棟がいっぱいで四棟は全室空室、七棟目の天城舎が一号室だけ空いたという状態だったのです。強制収容の最盛期で、それでもなお夫婦舎、独身舎をどんどん建てる工事をしていました。

天城舎へ移ってすぐのころは、時々腹が張ったり寝汗をかいたりしていましたが、それもいつの間にかなくなり、顔や手足に茶褐色になった熱瘤の痕は残っているものの、私はすっかり元気になりました。

八月の終わりに、大人五人ほどに混じって、米や缶詰などの食料を背負って、約二十キロほどある山を登って野反湖《のぞりこ》へ一泊で行ってきましたが、足腰もまったく疲れませんでしたので、よほど丈夫になっていたのだと思います。

大風子油注射を打たないのでその痛みもないし、病気を忘れていました。これは大きな過ちであり、取り返しのつかないことをしたと残念でたまりません。というのは、あの猛烈な熱瘤は大風子油注射が効いたための反応であり、さらに高熱を出したために菌が死んだのでしょう。らい菌は熱に弱く、プロミンをはじめスルフォン剤治療が進んでからも、ある程度（三十八度くらい）の熱瘤を出しながら治療した方が早く治るということを、後に医師から聞いたからです。

私は熱瘤にこりて大風子油注射をしなくなり、だいぶたってから時たま打っていましたが、このとき医局側から注射を続けるように指導され、注射を三年か五年続けていれば、そのころの健康状態のままでいられたと思います。少なくともプロミンが出るまでに病気を悪化させることはなかったと思います。これは、その当時熱心に大風子油注射をしていた人はほとんど病気を悪化させなかったことから、そう確信しているのです。

ところが、医局から大風子油注射をすすめられたことも、指導されたこともまったくありませんでした。注射を打つように言ってくれたのは菰田《こもだ》さんであり、打ちに行こうと誘ってくれたのは間庭《まにわ》さんであり、打った方がよいと言ったのは従兄であり、藤原先生でした。園としてはただ収容し、入園させておけばよく、治療はしてもしなくてもいい、どちらかといえばしない方がよいと園当局は思っていたのかもしれません。

この年の八月のお盆に、姉二人が私にお盆を家でさせてやろうと迎えに来ました。しかし草津発の国鉄バスに乗車を拒否され、このときは一緒に帰れませんでした。茶褐色の熱瘤の痕が顔に点々と残っていたため、車掌にすぐ見破られたのです。

秋になって今度は父が迎えに来ました。

このとき、行きは姉二人が来たときと同じように湯畑からバスに乗ったのですが、今度は拒否されず、渋川へ着き、汽車にも乗れて家に帰れました。初めての帰省でよほど嬉しかったはずですが、行くときのことや家でのことはいくら想い出そうとしても想い出せません。

十日ほど家にいて、父がまた草津まで送ってくれることになり、渋川まで来ましたが、私はそこで無理やり父を帰しました。顔の斑痕はわからないほど薄くなっていたし、行くとき何もなかったのだから大丈夫、一人で乗っていけると思ったからです。父は「大丈夫か」と何度も言い、心配そうにしていましたが、入ってきた下りの汽車に乗って帰っていきました。

私は一人で渋川駅の改札を出、バス乗り場へ歩いていきました。伊香保温泉行、四万温泉行などのバスの中に草津温泉行もあり、ドアも開いていました。乗ろうとすると後ろから「ちょっと待って下さい」という女の声がしました。声の方を振り向くと、それは車掌でした。私がドアから少し離れると、その間をすり抜けるようにして車掌は中へ入り、運転席の横へ腰かけました。

やられた！　と私は思い、ゆっくりとドアから離れました。案の定車掌はつぎつぎと乗っていく乗客に何も言わずに、座ったままでした。私は「ハネられた」ことを自覚するほかありませんでした。乗車拒否にあうことを、私たちは「バスにはねられる」といっていたのです。

父を帰したことを腹の底から後悔しましたが、あとのまつりです。歩いていくほかないと、駅前広場を放心状態で歩いていきましたが、渋川の街へ来たのは行くときが初めてで、西も東もわかりません。どう行けば草津へ行けるのか、皆目見当もつきませんでした。

そのとき前方に大きな地図が立っているのが目に入りました。近づいて見上げると、渋川駅を中心とした近郊のくわしい地図でした。草津へ行くには国道一七号線へ出て間もなく一四五号線へ左折し、吾妻川にかかる橋を渡って中之条、原町と一本道で、およそ十五里（約六十キロ）でした。草津へ通じる道は、もう一つありました。中之条で四万温泉行の道へ入り、沢渡温泉でまたその道と分かれ、暮坂峠を越えて六《く》合《に》村へ出る道で、距離を計算するとこちらの方が三里（約十二キロ）近く短いのです。よし、中之条まで行ったらこの道を行こうと、私は勇気を出して歩き始めました。

ようやく渋川の街が終わるらしく、両側の家がまばらになってきました。しかしこれから十五里、暮坂峠を行ったとしても十二里以上、そう思うとうんざりします。後ろでバスの音がするので振り向くと「中之条」という表示が見えました。ちょうどそばに「のりば」の標識が立っていたので、あれに乗ってやろう、乗れればもうけもんだし、乗れなくてもともとだからと、私はそこに立っていました。バスは停まり、中から車掌がドアを開けました。乗るとすぐオーライと車掌が言い、バスは走り出しました。しめた、と私は思いました。これで中之条までは行ける。ドアの傍らの席が空いていたので、私はそこに座りました。

バスはそのまましばらく走っていきましたが、やや家が立て込んでいるところで停まりました。すると車掌はドアを開け「降りて下さい」と、低いが厳しい声で私にむかって言いました。「すみませんが」も何もありません。まるで、乗れないのがわかっていて何で乗ったんだ、と言わんばかりの態度でした。やっぱりだめか。もうバスには乗れないな。歩き通すしかない。……と、私は改めて歩いていく覚悟を決め直すほかありませんでした。

そこはどこだかわかりませんでしたが、家がなくなり、しばらく行くと、前方でキャンキャンと犬の鳴き声がしました。見ると、道から少し引っ込んだ農家の庭で、おばさんがたらいの前にしゃがみ込んで洗濯をしており、その傍らで白い犬が私にむかって吠えているのでした。犬も不審に思うのだと、私は嫌な気持ちでした。その家の前まで行くと、いっそう激しく鳴き出した犬は、まっしぐらに私の方へ駆けてきてズボンの裾に嚙みつきました。あわてておばさんが呼んだので犬はとことこ帰っていきました。スピッツの倍ぐらいの犬でした。それ以来私は犬が嫌いになり、今だに嫌いです。

このことがあってから、急に私の心は暗くなりました。この先、俺はどうなるんだろう。陽はすでに西に傾き始めていました。この分では明るいうちに中之条へ着けるかどうかわからない。暗くなればいっそう犬が吠えるだろう。大きな犬が嚙みついてくるかもしれない。道もわからなくなるだろうし、暮坂峠へなどとても行けない。それに私は朝、すでに五里（約二十キロ）の道を歩いていました。村からバスに乗れば村人に会うので、暗いうちに村を通り抜けて、父と二人で汽車の駅まで歩いたからです。

疲れと不安とで途方にくれた私は、夢遊病者のようにふらふらと歩いていたに違いありません。突然、後ろから来た自転車が、私の横で停まりました。見ると中年の男の人が、片足を地面について私を見ていました。そして私にこう言いました。

「お前、このへんの子ではないな。何でこんなところを歩いているんだ。どこへ行くんだ?」

「草津へ行くんだ」

と私が言うと、

「草津へ行く? 草津へ歩いてなんか行けないぞ。何でバスに乗らないんだ?」

「乗せてくれないんだ」

「乗せてくれない? どうして乗せてくれないんだ?」

「病気だから」

「病気だから? どこが病気なんだ?」

「どこがって……病気なんだ」

私はどうしても病名を口から出せませんでした。男は私の顔を見、視線を足の方まで下げていきましたが、

「そうか、よし、わしが何とかするから、お前、あとから歩いてこい。すぐそこだから、先に行ってるから」

と言い、自転車にまたがって走り去りました。私は、あんなことを言っていったが、何ともならないだろう、あのままどこかへ行ってしまうだろう、とは思いましたが、それでも一縷《いちる》の希《のぞ》みは持ちました。

しばらく行くと、

「おーい、ここだ、ここだ」

と言いながら男が道に飛び出してきて、手招

きしました。そこまで行くと、

「よく頼んでおいたからな。大丈夫だ、安心して中で待ってろ」

と私に言い、

「じゃあ奥さん、よろしくお願いします」

と、入口にいた女の人に頭を下げ、自転車に乗って走り去りました。

奥さんと呼ばれた女性は平凡な瓜実顔《うりざねがお》で背も高くはありませんでしたが、色白で少し固い表情をしていました。そして背中に乳呑児《ちのみご》を背負っていました。私を中に入れると、

「すぐお父さんが帰ってくるから、そうしたら乗れるようにしてもらうからね、それまでそこにかけて待ってなさい」

と、入口の傍らの椅子を示しました。そこは板の間で中央に机があり、周りに四脚ほど背もたれのついた木の椅子が置いてありました。奥さんはそう言っておいて、裏口から出ていきました。私は不安で、落ち着きませんでしたが、歩いていくことはできないと思いはじめたところだったので、ここにいるほかない、何とかなるだろうと、すすめられた椅子にかけていました。間もなく奥さんは、盆の上に急須と湯呑を乗せて持ってきて、私の前にお茶を差し出してくれました。

「急須を置いとくから、好きなだけ飲みなさい」

と言って奥さんは、また出ていきました。私はそう言われて急に激しいのどの渇きを覚え、夢中でその茶を飲みました。外では数人の子供たちの声がし、歌を唄っている子もいました。

「母の背中で小さい手で／ふうったあの日の日の丸の／遠いほのかなぁ想い出がぁ／胸にもえたつ愛国の／血しおの中にまだ残る」。日中戦争の戦勝に酔い、盛んに愛国心をあおっているときでした。

しばらくすると、奥さんは小笊《こざる》にさつまいもをいっぱい乗せて持ってきて、

「お腹もすいているんだろ、食べなさい」

と私の前へ置きました。そして一本取って私に持たせ、

「もう帰ってくると思うから、たくさん食べて待ってなさい」

と言いながら、空になっていた湯呑に茶を注ぎ、また出ていきました。私は午前中、汽車に乗る前に握り飯を食べただけでしたから、腹もすいているはずでしたが、持たせてもらった芋を食べたきり、笊に手を出す気にはなれませんでした。強い不安に、食欲も抑えられていたのでしょう。

がらがらと後ろの戸が開いて人が入ってきました。見ると白い制服を着て、腰にサーベルを提げた巡査でした。ほとんど同時に裏口から奥さんが顔を出し、

「お父さんちょっと」

と、巡査を呼びました。巡査は黙ってそちらへ行きました。間もなく二人は裏口から戻ってきて、巡査は私と向かい合わせの椅子にかけ、奥さんは巡査にお茶を入れながら、

「まったくどうしようもないバスだ。乗せればいいじゃないか。こんな小さい子、乗せなけれ

ばどうなるかわかりそうなもんだ。車掌が悪いんだ。車掌が黙って乗せればいいんだ」

と、さんざんバスを非難したあげく、こう言いました。

「親も親だよ、こんな小さい子を一人で出してよこすなんて……」

確かに私は小さかったのです。もともとクラスでも二番目くらいに小さかったのに、発病した五年生からほとんど背は伸びていませんでした。けれども私は、そのとき十五歳の誕生日を過ぎたところ、今なら中学三年で、体格は大人なみになっているべき年でした。親のことを言われるのはつらかったが、かといって父を渋川から帰したことなどとても言えませんでした。

このときになって、ようやく私はそこが巡査の派出所であることに気がつきました。それほど心が空虚だったのです。目の前の巡査は背も高く、奥さんより面長で色白の美男子でした。

「あっ、来た！　お父さん早くっ……」

と奥さんが叫ぶと同時に、バスが派出所の前を通りました。巡査ははじかれたように外へ飛び出し、バスを追いましたが、バスは五十メートルほど離れたバス停でいったん停まり、巡査がそこまで行かないうちに再び走り出して行ってしまいました。帰ってきた巡査に奥さんは、

「ほんとに呑気なんだから、どうするのよ」

と言いました。巡査は、

「あれは原町までしか行かないんだ。今度のやつが草津行だから……」

と言って、また椅子にかけ、茶をすすってい

ました。

「今度のが最終でしょう。今度乗り遅れたら大変だからね」

と言いながら、奥さんは裏口から出ていきました。裏が住居になっているようでした。背中の赤ちゃんはよく寝ているのか、一度も泣き声を上げませんでした。裏口から戻ってきた奥さんは、私を椅子から立たせて、

「これあげるから、これをこうしてかぶっていきなさい」

と、持ってきた黒っぽいマフラーを私の帽子の上からかぶせ、あごの下で結んでくれました。

そして、

「顔がなるべく見えない方がいい」

と言って、両頬のマフラーの端を前の方へ引き出してくれました。それはまるで身内の者にするように、親身であり、自然な動作でした。

そして奥さんは、

「乗り遅れないように行って待ってましょう、お父さん」

と、巡査をうながしました。

私たちはバス停でバスを待ちました。子供が三人あとからついてきました。奥さんは一番小さい子の手を引いていました。三人ともこの夫婦の子供のようでした。すでに陽は落ちて、夕闇があたりに迫ろうとしていました。

バスが停まると、巡査はドアの前へ行き、車掌に小声で話をし、最後に「お願いします」と言ってドアから離れ、私に「乗りなさい」と言いました。奥さんは「安心して乗りなさい」と

私の背中を押してくれました。

　私が乗るとバスはすぐ動き出しました。私は一番後ろの座席に座りましたが、よほど安心し、疲れてもいたのでしょう、座るとすぐ眠ってしまい、走ったり停まったり、左右に揺れたり、弾んだりするバスにもかかわらず、湯畑の終点までぐっすりと眠っていました。

　そこが小野上村の駐在所だとわかったのは数十年たってからのことでした。そのため、この人たちについに礼状を出せませんでした。今だに後悔しています。だが、巡査夫婦の顔と自転車の男の顔は今でもはっきり想い出すことができます。

　昭和十四年九月に中央会館が落成し、その柿《こけら》落《お》としに演芸部で二日間芝居をすることになり、私たち演芸部員は九月初めから毎夕食後その準備と稽古に追われていました。それまでは客席二十坪という栗生会館でやっていたため、観客が入りきれず、園内を上地区、下地区に分けて同じ演《だ》し物を二日にわたってやっていました。新築された中央会館はその十倍近くあり、六百人は入れる大きなものでした。そこで二日上演するには演し物を倍にしなければならず、部員も増員して猛稽古をしなければなりません。その上舞台も大きく、それまでの演目はほとんど役に立たなくなり、舞台装置から大道具、小道具まで全部自分たちで作らなければならず、その苦労と忙しさは大変なものでした。

　その采配は江川健一という座長がやっていました。彼は工業高校を卒業したあと、演出家を志望して宝塚劇場に入ったのですが、演出の方には入れず、道具方をやりながら熱心に演出の勉強をしたということでした。そのためもあり、生来の器用さもあって何でも実に上手でした。バックの絵も襖《ふすま》の絵も掛軸の絵も字も全部自分で描きましたが、実に見事な出来ばえでした。

私たちはうちわに木綿糸で大豆をぶら下げて雨の擬音を出す道具を作ったり、とっくりに紙を貼って紙のとっくりを作ったり、彼の指図で毎夜そんなことをしていました。七時ごろになると夜食係が炊事から握り飯と漬物とお茶を持ってきました。江川健一が五日会（患者自治会の前身）の役員ということもあったのか、演芸部はかなり優遇されていました。

開演当日は、皆が午前中から座布団を持って席取りに来るという盛況で、湯之沢からも大勢おしかけ、午後一時の幕開けには広い会場が満員になり、立見もたくさん出る状態でした。何しろ娯楽というものは何もなく、映画もサウンドトーキーがやっと出たころで、弁士のついた映画は一度も来たことはなく、小川正子原作の『小島の春』のように字幕だけでわかる映画が年に一度か二度あるだけで、他には春日正鶴という浪曲師が年に一度来てくれるだけでした。そんなときですから、この演芸部の年二回の芝居は在園者にとっては大変な楽しみだったのです。このときの演し物は何だったか、私はどんな役をやったのかまったく憶えていませんが、差し入れや花代が多くあり、盛大な慰労会をしたことだけは憶えています。

こうして夜遅くまで動き続けていましたが、私はますます元気になりました。芝居が終わると同室の清水さんが、美しい新患の女性と結婚して夫婦舎へ行き、代わりに同じ演芸部に入ってきた松井さんが同室になりました。この松井さんが後に全患協（全国ハンセン氏病患者協議会）の会長を長く務めた小泉孝之さんです。

このように、このころの私たちの療養生活はのんびりしたものでしたが、「癩予防法」による患者強制収容終生隔離絶滅政策はいよいよ軌道に乗り、過酷な状況を呈しはじめていたのです。前年の昭和十三年に、中央会館よりも先に「特別病室」という名の重監房が出来上がり、この年九月に初めて収監者が出たのです。それが私たち患者全体にどういう形でのしかかってくるのか、このころの私たちはまったく知らずにいました。しかし、強制収容で送られてくる人は多くなり、天城舎も、秋田県から新潟県、栃木県などから送られてきた人たちで、たちまちいっぱいになりました。

そして翌昭和十五年七月十六日には、熊本県の本妙寺境内にあった患者部落が一斉検挙され、その人たちが私たち天城舎の裏にある石楠花舎《しゃくなげ》に入れられました。子供や女性、若い男女もいました。幹部九人は、女、子供も全部入れたからとだまされて、「特別病室」へ直接入れられたということでした。

石楠花舎に入った人の中には楽天的な人もいて、十六日の夜、盆踊りの最終日でしたが、それを見に行ったのでしょう、翌日私たちにむかって、「あんな盆踊りではだめだ。盆踊りはこうして踊るもんだ」と言い、両手を頭の上で振って「あ、えらいやっちゃ、えらいやっちゃ、よいよいよい」と踊ってみせました。阿波踊りでした。

確かに阿波踊りから見れば、楽泉園の踊りは静かなものでした。外島の人たちが教えていった江州音頭が主体で、草津湯もみ唄、八木節、それに音楽部員の木村三郎作詞、同部長・夏海八郎作曲の「栗生音頭」と四つの踊りがありましたが、八木節は私だけしか音頭がとれませんでしたのですぐに終わり、栗生音頭は歌詞が少ないのと踊りが難しいのでこれもすぐやめ、結局、湯もみ唄と江州音頭を続けることになるのでした。いずれにしてもそう勇壮な踊りではなく、本妙寺から来た人には物足りなかったのでしょう。踊り手は職員患者合わせて三百人以上、三重の輪になって踊るほど盛況でした。栗生音頭の歌詞を一つだけ紹介しておきます。

〽月をなあー　月を仰いでナッサノセエー、手拍手打てばようー、ホントニホントニホントニネエー、故郷にみれんのナッサノセエー、目もうるむー、目もうるむー、アッソジャナイカー、アソジャナイカ、ああ愛の園――

それより少し前、どんよりと曇っている日でしたから六月の終わりごろだったと思います。兄と姉が面会に来ました。三人で園内を散歩し

ましたが、誰も通らない裏道へ来たとき、兄が一番下の弟が病気になったことを告げました。そして兄は、

「俺たちはどうしてこんな不幸の星のもとに生まれてきたんだろう……」

と言って、兄にとっては妹である姉にすがって、声を上げて泣きました。

それから約三ヵ月後の九月、召集令状が来たといって兄は一人で私に会いに来ました。帰るときは、従兄と二人で草津のバス停まで送っていきました。そのとき兄は、

「俺は戦争では死なない。必ず帰ってくるから、それまで元気で待ってろよな」

と言って行ったのですが、ついに帰ってきませんでした。


部屋に帰って、私は頭からすっぽり布団をかぶって寝てしまいました。「戦争では死なない。必ず帰ってくる」と言った兄の言葉を疑いませんでしたし、兄の姿の見おさめだなどとは露ほども思いませんでしたが、鉄砲の玉が飛び交うところで、つらい軍隊生活をしなければならないと思うと兄が可哀想で、何ともやり場のない気持ちになって起きていられなかったのです。

部屋には三人ほどいましたが、召集された兄を送ってきたことを知っていましたので、誰も何も言いませんでした。間もなく三号室の久保田さんが入ってきて、

「おっ、まんじゅうがあるじゃないか」

と枕元に置いた松村まんじゅう（草津名物の温泉まんじゅう）を見つけて言いました。部屋

の人が私のものだと言うと、久保田さんは私の頭の布団を持ち上げて、

「おい、起きてまんじゅう喰わせろよ」

と言いました。私は、

「食べたくないから、みんなで食べていいよ」

と言って顔を上げませんでした。

「そうか、じゃあ食べるぞ」

と久保田さんは言い、包み紙をめくる音をさせました。

「本当に食べたくないんか、みんな食べていいんか」

と、また久保田さんが言いました。私は布団の中で「ああ」と答えました。起きてみると、まんじゅうはやはり一つも残っていませんでした。


あれが兄との今生の別れだったのなら、あのまんじゅう、一つは食べておけばよかったと思ったのは兄の戦死を知ったあとで、それはもはや詮ないことでした。


話はまた前後しますが、確か八月の末だったと思います。高田さんが、医局の白衣を羽織ったまま走ってきて、

「おい、操君が悪いらしいぞ、すぐ行こう」

と、庭に立ったまま私を呼びました。高田さんは医局手伝いをしていたのでわかったのでしょう。医局手伝いとは、内科、外科、眼科、耳鼻科と四つあった科の受付、治療材料渡し、その準備などをする作業で、当時作業はすべて午前作業と午後作業とで一日じゅうでした。

私はびっくりして、朴歯《ほおば》の高下駄でガラガラ音を立てながら高田さんと一緒に走っていきましたが、すでに操君の息はありませんでした。腸結核でした。

操君とは入園当時はいつも一緒でしたが、間もなく彼は作業事務所（患者作業の割当てなどを担当する部署）へ出たのです。高等小学校一年二学期まで行っているし成績は抜群に良かったので、もう園内の寺子屋へ行く必要はない、作業事務所へ出てもらおうということになったようでした。それで私とは大人と子供の差がついてしまい、あまり一緒に遊ぶことはなくなっていました。

春先に病棟へ入ったというので、時々見舞いには行っていたのです。何回目かに行ったとき、操君はベッドに座ってするめを食べていました。私が、

「腹が悪いというのに、そんな固いもの食べていいのか」

と訊くと、操君は、

「俺なんか、もうどうなったっていいんだ」

と言いました。私は、変なことを言うなあ、家の方で何かあったんだろうかと思いましたが、一緒に見舞いに行った人がそばにいたし、訊いても何も言わないだろうと思い、

「そんなこと言うなよ」

とだけ言って帰ってきました。死んでしまった以上、そのときの操君の気持ちを知るすべはありませんが、あるいは彼は自分が腸結核であることを知っていて、長く生きられないと思っ

ていたのかもしれません。

車で一緒に来た人が死んだときと同じように通夜をし、翌日火葬しました。今度は私が火をつけなければなりませんでした。操君を焼いてしまう火をつけるのは何とも切なく、やりきれない嫌な気持ちでした。けれどもお骨上げのとき、それ以上に嫌な思いをしなければならなくなりました。

時間が来たので行ってみると、お骨の乗っている鉄板の皿は窯の前の台の上に出してありました。だが、その皿の真ん中には、真っ黒く焼け残った大きな塊が乗っていたのです。それは骨盤から大腸までぐらいの部分で、頭に向かった方に背骨が突起して残っていました。

「腸がよほど悪かったのか、解剖のときガーゼでもたくさん詰めたのか、どうしてもそこだけ焼けないんだ」

と火葬当番の人は言いました。この当時、まだ薪の制限はなかったし、焼けないときには、お骨上げの時間を遅らせたこともありましたから、このときの当番は中をよく確かめず、時間が来たら火を止めてしまったのだと思います。仕方なく、木の枝と笹を一対にした箸で白くなった骨を拾いました。納骨堂用の小さな骨壺はたちまちいっぱいになり、あとは木の骨箱に拾って入れました。家族の人がお骨を取りにくれば、その箱を渡すのです。操君はもともとお父さんと二人で暮らしていましたが、このときお父さんは来ておらず、半月以上たってから来て、その骨箱を持って帰ったと聞きました。

残った細かい骨は、焼け残りの大きな黒い塊と一緒に残骨置き場へ皿ごと持っていって、ざぁーっとあけました。火葬場の東裏に、大人の腰までぐらいの高さで、畳二帖分ぐらいのコンクリートの残骨置き場があり、慄君の腰の部分がそっくりそこに入れられたのです。

こうして慄君は、十六歳の短い生涯を終えました。小学校一年生の時から、私達数人でいたずらをしていると、どこからかとんできて「そんなことをするなよ」と止めた慄君。「俺も行くんだい」と言って入園の車に乗り込んできた慄君。その時両方の上まぶたが少し紅く腫れていましたが、入園後間もなくそれも消え、どこから見ても健常者と変わらなくなり、身体も大きくなって、作業事務所で一人まえに仕事をしていた慄君。その慄君がもうこの世にいない。私には、夢のような、信じられないことでした。

こんなことになるんだったら、せめて「俺なんかどうなったっていいんだ」と言ってスルメを食べていたあと、毎日見舞いに行って話し相手になってやればよかった。あのとき私は「家の方で何かあったな」と直感しました。彼の家の事情は多少知っていたからです。おそらく慄君は、家の事情と、自分が腸結核であることを知っていて、悩み、苦しみ、自暴自棄になっていたのだと思います。それを「俺なんかどうなってもいいんだ」と、私に訴えたのだと思います。あるていどそれを感じて、行ってゆっくり話をしようと思いながら、間もなく死ぬなどと夢にも思えなかったので、ついに話しに行かなかったのでした。この悔恨は、焼け残った操君の黒い大きな骨盤とともに、私の心の底深くいつまでも残っています。私は長い間、残骨置き場のそばを通ることができませんでした。

戦争末期から戦後にかけて、大勢の患者が死んでゆきました。ときには火葬場の空くのを待つという状態もありました。そのため、古くなった窯や煙突が頻繁に壊れ、そのつど応急修理をして使うのですが、壊れた窯ではよく焼けず焼いている最中に壊れることもあって、大きな焼け残りがたくさん出るようになりました。そうした焼け残りを皿に乗せたまま骨上げをしてもらうことはできず、困った火葬当番はそれを骨上げの前に横の谷に捨てたのです。すぐ横が地獄谷という深い谷でした。昭和五十二年にそれらの骨を拾い集め、残骨置き場のあったところに埋めて供養塔を建てて供養し、火葬場と監禁所のあった場所を公園にしました。

六　所内作業

「栗拾い尋常高等小学校」といわれた「藤原教室」で何か覚えた記憶はありませんが、尋常六年から三年たったので、昭和十六年三月で高等科終了ということになり、私は三つ年下の井村茂兵という男とともに「藤原教室」を卒業しました。

卒業したといっても、別に卒業証書があるわけでも記念品があるわけでもなし、ましてや成績表などあるわけもなく、ただ勉強しに行かなくなったというだけのことでした。そして藤原先生から、四月から綿貫さんの下でブリキ屋作業に行くように言われ、二人でブリキ屋（正式には金工部）の作業につきました。甲作業（作業には甲、乙、丙とあり、一日の作業賃は甲が十銭、乙が八銭、丙は六銭だった）で作業賃は一日十銭でした。

綿貫さんは、演芸部で一緒に芝居をしましたから、私はよく知っている人でした。よくおならをする人で、立居振舞のたびにおならをし、ときには人から声をかけられて返事をおならでするというほどよくやりました。そのため綿貫さんと呼ぶ人はなく、皆「へぬきさん」と呼んでいました。本人の前ではただ「貫《ぬき》さん」とだけ呼びましたが、やられた人は本人にも、「貫さんはしょうがねえなあ」と言っていました。

そういう人でしたが腕は確かでした。当時、営繕の職員は大工が一人、水道屋一人、電気屋一人、それに霞さんというブリキ屋が一人おり、霞さん以外はそれぞれの本職で仕事ができましたが、この霞さんは職員になってからブリキ屋の仕事を覚えたらしく、まるで仕事のできない人でした。流しが漏るからと修理を申し込んでもなかなか来てくれません。そのころ寮舎の流し台は、木枠の内側にトタン板を張ったもので、下水の土管へ落とすのも、トタン板を筒にして流し台のトタンにハンダ付けをしたものでした。寒いところなので、流しが漏れば一日も放っておけません。たちまちお勝手じゅうが氷室《ひむろ》になってしまいます。そういう状態のところへ、私より少し遅れて綿貫さんが入園してきたので、さっそく金工部の作業場を確保し、仕事をすることになったというわけでした。

綿貫さんももともとブリキ屋が本職ではなく、本職はトントン屋根（板葺《いたぶ》き）屋だということでしたが、トタン屋根が普及し、仕事を請けてもトタン屋根屋を頼んで仕上げなければならず、そうしているうちにいつの間にか技術を覚えてしまい、自分でやれるようになったということでした。

もともと器用な人だったのでしょう、私たち二人が行ったときには、流し台の修理はもちろん、雨どいの修理、各作業場の薪ストーブの煙突修理、個人のバケツや鍋の修理などなど、トタン、ブリキに関する仕事は貫さんの一手販売になっており、職員の霞さんはその名の通りかすんでしまっていました。

私たち二人はできた品物を届けに行くとか、

「そこを押さえていろ」とか言われて貫さんの手子《てこ》をしていました。仕事が少し暇になると、ハサミでトタンを切る方法、端を折り曲げてトタンどうしを組み合わせる方法、ハンダ付けなどを教えてもらいましたが、二人ともさっぱり覚えられませんでした。それでも貫さんは怒りもせず、根気よく教えてくれました。

仕事はできなくても、仕事に行ってさえいれば一日十銭の作業賃はもらえました。もっとも十銭の一割は、慰安金だったか、助成金だったか名前は忘れましたが、一年間手紙も小包も来ない人を対象に月額五十銭ずつ支給する基金として天引きされるので、実際には九銭でした。もちろんこの五十銭をもらう人は、作業のできない身体の不自由な人でした。

金工部は割合広いところでしたので、同じ室内に若杉さんという松葉杖と義足を作る人が同室していました。

松葉杖は、病棟に入れば必要な人全部が借りられましたが、入室していない人への貸出用は外科室に数本あるだけで、足の傷で松葉杖をつきたくても借りることができませんでした。それでこの若杉さんが、作業として松葉杖を作ることになったのです。

この人も器用な人で、近辺の山にいくらでもある百日紅《さるすべり》と言っていた木（といっても本物の百日紅ではなく、木肌は似ていましたが白い小さな花の咲く木）のちょうど松葉杖の太さのまっすぐなものを選んで、鋸で二つにひき割り、三十センチほど割らない部分を残して上を広げ、上部に握りを、脇の下に当たる木をとりつけて出来上がりでした。

この木は生木のうちは柔らかいのですが、乾くと固く軽くなる木でした。若杉さんは片足が膝で曲がったまま動かない人で、本人も松葉杖生活でしたから、材料はそのへんにいくらでもあるといっても自分では取りに行けず、杖を頼みに来る人が誰かに伐ってきてもらって持ってくるのでした。

足を切断して義足をつけなければ歩けない人に、園から義足を貸してくれる、あるいは作ってくれるということはなく、外科医が足を切断しても、傷が治ればそのまま放置されていました。綿貫さんが足首から土踏まずぐらいまでの木型を木工部で作ってもらい、下を足首に合わせ、上には足の太さくらいのトタンの円錐形の筒を作って木の足首に釘で打ちつける。トタンの筒には布を厚く貼りつける。それが義足でした。もちろん足の型を取って作るわけではありませんから、使う人が足の方をそれに合わせるわけです。

切断した足に布や綿を当て、その上から包帯をきつくぐるぐる巻いて、トタンの義足を履くのですが、布と布ですから抜け落ちることはないものの、足に合うようになるまでには何度も傷を作り、ようやく傷ができなくなってうまく歩けるようになるころには、足は棒のように細くなり、布や包帯が足の太さに巻いてある、という状態になるのでした。

それでもこの義足を履けるのは足首で切断し

た人だけで、足首より上で切断した人は義足に浅くしか足が入らず、すぐ脱げてしまうので履けないのでした。そういう人でも履いて歩けるような義足を作ってやろうと、若杉さんは挑戦したのです。

若杉さんは、松葉杖を作る木と同じ木のなるべく太いものを伐ってきてもらい、それを鋸でひき割って、かまぼこ板を長くしたような板をたくさん作り、その板の内側と外側を削って湾曲させ、桶を作る要領で、トタンの義足と同じような円錐形の樽状のものを作ったのでした。

板を湾曲させるには、外側は普通の鉈《なた》や鉋《かんな》でできますが、内側は曲がった刃物でなければ削れません。これは、人に頼んで外部の鍛冶屋で作ってもらったようです。その刃物で苦労して内側を削っていました。樽状の筒の両側に、鋼鉄の丈夫な細い板二本を鋲でつないで動くようにしたものを取りつけ、鋲の部分が膝関節のところに来るように鉄棒を調節し、膝上に、両端に穴をいくつも開けたトタン板を取りつけ布を貼って、両端の穴へ丈夫なひもを通して、編上靴の要領で太腿に固定したのでした。

性能は現在の義足の比ではありませんでしたが、形は現在の革製の義足とまったく同じでした。そのうえ土踏まずまでの足に親指をつけた足先の形を作り、動くように取りつけたので、足袋でも靴下でも履けて、木むき出しの義足から見ればはるかに見場がよいものになりました。太腿で固定する義足は、履いて歩けるようになるまでには大変だったようですが、使う人と根気よく話し合って、ついに履いて歩けるものにしたようです。

若杉さんが、これほど涙ぐましい努力をして義足を作る気になったのは、膝下に残った部分が短い人が義足を履けないのを可哀想に思い、何とかして履ける義足を作ってやりたいと思ったからでしょう。不完全ながらそれは成功しました。偉い人だなぁと思いながら、私はそれを見ていました。しかし、土踏まずから先に足先の木型を作り、それを動くように取りつけるのは大変な仕事なので、単なる恰好をつけるためにあれほど苦労しなくても、と私は思っていました。ところが、それは義足の人の苦しみを知らない、その人の身になってものを考えない浅薄な考えであることが、やがてわかりました。

それまでの、トタン板の筒に、かかとから土踏まずまでの木型を取りつけた義足では、ゴム短靴をはじめ、履物いっさい履くことはできません。そのため、治療その他で出かける必要があるときは、泥道でも雪道でも、その義足をむき出しにしたまま行かなければなりません。当然、部屋へそのまま上れませんから、玄関で義足を脱ぎ、座敷用の義足に履きかえなければなりません。したがっていつも義足は二本必要でした。かといって、動かない爪先までの木型を取りつけたのでは歩くことはできません。若杉さんが苦労を重ねて、動く足先を取りつけることに成功したおかげで、義足の人たちはこの苦しみから解放されたのです。ゴム短靴を履いて歩けるようになり、親指のところに切り込みを入れたので足袋や靴下も履けて、天気のよい日はぞうりを履いて歩くことさえできました。もちろん、玄関で履物を脱げばそのまま上れるし、足袋や靴下を履いているので恰好も悪くない。これは義足を履いている人にとって、画期的な歓びであり、救いであったでしょう。膝下が短い人が義足を履けるようになったのも、むろん大きな救いでしたが、こちらは義足をつける人全員ですから、むしろこちらの功績の方が大きかったかもしれません。

綿貫さんにじゃまにされ、ばかにされながら、笑ってそれに堪え、これだけのことをやりとげた若杉さんはほんとうに偉かったと思います。

若杉さんはカムチャッカの人で漁師をしていたといい、園内の人は皆「カムチャッカのとっちゃん」とか「カムチャッカ爺さん」などと呼んでいましたが、そうだとすればオホーツク海でロシアの船とも接触があったでしょうから、あるいはロシア人がそういう義足を着けているのを見たことがあったのかもしれません。もし見たこともなく彼の独創だったとすれば、大した人物だったと思います。

それにしても、なぜそんなに松葉杖や義足の人が多いのだ、と一般の人は不思議に思うことでしょうから、少しその説明をしておきます。

ハンセン病の最大の特徴は「知覚神経麻痺」です。知覚がないので、火に近づけても熱くない、したがって火傷をする。また、足の裏で尖ったものを踏みつけても痛くないので、知らずに傷を作る。傷を作っても痛くないから包帯をしてそのまま歩く。傷は治るどころか徐々に大きくなっていく。そしてそのうちに炎症を起こす。当時抗生物質があるわけではなし、ろくな治療薬もないころですから、こうしてだんだん傷を悪くして松葉杖となり、切断して義足ということになったわけです。

七　苦難の始まり　昭和十六年

私がこの金工部に出るとすぐ、四月の学校が始まった日に、兄がその不幸に泣いた末弟が母に連れられて入園してきました。私と同じ十歳の発病、十一歳の入園でした。

名は清之でしたが、園名を使うことにし、沢田五郎と名乗ることにしました。園に慣れるまで叔母のところにいる方がよいと、一ヵ月ほど叔母の家にいて、私の隣りの天城舎二号室に入りました。そして彼もすぐ藤原教室へ通うことになったのでした。

弟の苦難の始まりの年でありましたが、この昭和十六年という年は、楽泉園に入園している者全員の苦難の始まりの年でもありました。

明治四十年に制定された法律第十一号「癩予防ニ関スル件」が昭和六年に「癩予防法」と作り直され、ハンセン病患者を一人残らず強制収容・終生隔離する法律になりました。そしてその実施のために、楽泉園や長島愛生園、星塚敬愛園などの療養所が作られ、増床に次ぐ増床を行い、全国の患者をしらみつぶしに収容し、ついに前年（昭和十五年）、本妙寺境内の患者部落を検束したのでした。患者部落として残るのはあと一つ、湯之沢だけになったのです。この部落を解散させ、全員療養所に収容しなければ、全国の患者を一人残らず収容することはできず、「癩予防法」は骨抜きになってしまいます。

しかし、そうはいってもこの部落の住民はちゃんと法律に基づいて営業し、各種の税金をきちんと納め、町会議員を二人も出している、まったく一般町民と変わらない社会生活を営んでいるのです。いくら「癩予防法」を適用するとしても、本妙寺境内の部落のように、何の前ぶれもなくいきなり警官や役人が部落を襲って検束するというわけにはゆきません。そこで群馬県は、この年三月十一日に「湯之沢移転交渉委員会」を選任し、翌十二日に湯之沢区長に対し、部落解散交渉に応じるよう言い渡しました。当然、部落は蜂の巣をつついたような大騒ぎになりました。

しかし客観情勢としては、すでに部落は解散以外ないという状況になっていました。湯之沢で唯一の医療機関であったバルナバ医院は同年四月三十日に閉鎖することになっていましたし、お金のない旅館の宿泊治療客は楽泉園に入所するようになり、また、無らい県運動による強制収容で新しい客が来なくなったため、旅館の経営は極端に苦しくなっていました。こうして部落の人口が減ったため、商人は楽泉園の入園者を対象に商売を続けていたのに、その出入りを禁止されたりしていましたし、日中戦争が泥沼化して四年前（昭和十二年）に公布された「国家総動員法」がその威力を発揮して国民生活は戦争一色になりつつあり、土建業も立ち行かなくなっていました。つまり、湯之沢部落は経済的にも行きづまりつつあったのです。

そのうえ住民は、楽泉園の重監房（「特別病室」）の存在も、本妙寺の患者部落の幹部がそこへ投獄されたことも充分知っていました。そうしたことから住民はしだいに冷静になり、ついに県の示した条件を少し良くした程度で移転を承諾し、五月十八日に湯之沢部落解散式を挙行したのでした。明治二十年に町の中心部にある湯畑を追われて開村し、一時は人口千人にも及んだ日本最大の患者の街は、こうして「癩予防法」によって姿を消したのでした。

このことは、私たち楽泉園の入園者にも大きな影響を与えました。それまで、衰退していたとはいえ洋食店、酒店、魚屋、八百屋、米屋、味噌・しょうゆ店など、同病者がやっていて、少々病気が重くても約三キロの道を歩いて湯之沢まで行けば、何でも食べたり飲んだり、買ってきたりすることができた街が忽然と消え去り、それができなくなったのです。上町《うわ》（健常者街）まで行けば何でもありましたが、よほどの軽症者でないと大きな顔をしては行けません。湯之沢へよく行っていた人にとってはもちろん、買物だけをする人にとってもこれは大きな打撃でした。

そしてまた、湯之沢部落の解放は、こうした物的打撃だけでなく、心理的にも強い圧迫感となったのです。周りは果てしない山谷であり、行こうと思えばどこまででも行けましたが、野生動物ではありませんから、いくら山へ自由に行けても、人中へ自由に行けないことには、かえって閉塞感が強くなり、自分が哀れになるばかりです。

街が忽然と消えたといっても、実際に人が一人もいなくなったのは翌年末でしたが、そんな短期間に移転を完了したわけですから、解散式の翌日から商店主は店をたたむ準備を始め、旅館の客は楽泉園への入園を始めるという具合で、街は街でなくなったのです。

この年の七月初め、多磨全生園の患者大工部員六名が楽泉園に派遣されてきました。先に解散し、患者の大部分四十四名が楽泉園に入園して空家になっていたバルナバホーム院の建物と、バルナバで経営していた患者児童のための「望学園」の建物を解体して、楽泉園に移築するのが主な目的でした。

この二つの建物はいずれも大きな建物で、バルナバホーム院の方は木造二階建、百五十坪ほどありました。一階に医院（バルナバ医院）と比較的重症の患者が入る部屋などがあり、二階は軽症患者が入るホームになっていました。解散時には約六十人の人が住んでいたのです。望学園の方も、十人くらい学べる教室が三室あり、職員室、用務員室も広く、雨天体操場までついていました。教材もオルガンをはじめ、普通の学校にあるものはたいがい揃っていました。この二つの大きな建物を解体、移築しようというのですから大変な仕事です。

しかし、全生園から派遣された六人の大工さんの腕は大したものでした。小僧からたたき上げた本職が半数以上いたようでしたし、六人とも健常者と変わらない軽症者でした。ガラス戸や障子、襖《ふすま》、その他建具などにすべて印をしてとり片づけ、いよいよ建物そのものの解体にかかろうとしていました。

七月末か、八月初めかはっきり覚えていませんが、分館長の加島正利（当時、分館長と呼ばれていたが正式な役職名ではなかった。七十七ページも参照）より、男女を問わず行ける者は全員解体現場に行って、たとえガラス窓一枚でも背負ってくるようにという号令がかかりました。

強制収容した人と、湯之沢からの入園者とで、在園者数はそのときすでに千人を超えていました。病棟入室者、不自由舎居住者、足に傷のある者を除いて五百人以上、六百人近い患者が、いっせいに約三キロの道を歩いてその現場へ向かったのです。夏の暑い日でした。そして本当にガラス窓一枚だけの人、畳一枚の人と、それぞれ自分の力に応じたものを背負って帰りました。

その光景は、さながら木の葉を運ぶ蟻の行列でした。ガラス戸一枚とはいえ、自分の体より大きいので、少しの風でもあちらへよろよろこちらへよろよろ、そのたびに女性たちはきゃっきゃっと笑ったり騒いだり、お祭り騒ぎのような気分の奉仕作業でした。しかし、思えば男女を問わず全患者の奉仕作業（患者作業と違い、賃金は支払われない）は、このときから始まったといってよいかもしれません。

この人海作業の威力に、加島分館長や霜崎清事務官（現在の事務部長）など園当局は驚き、味をしめたのでしょう。今度はやはり男女を問わず、行ける者全員、花敷まで炭背負いに行くよう命令が出されました。そしてこのときは、行った者全員にゴム長靴を支給するというのでした。

先にも少しふれましたが、当時の楽泉園は、霜溶け、雪溶け、積雪、雨降りなど、長靴がなければ暮らせないところでした。私が入園した翌年の昭和十三年ごろまではゴム長靴の支給がありましたが、その後なくなり、皆長靴には難儀していたのです。そのため、少々足に傷のある人でもこのときは行きました。花敷までは、約三キロの急坂を下りて下の村の荷付場という部落へ行き、そこからやや平らな道を約七キロ、合計約十キロぐらいありました。空身で行ってくることもありましたが、半日ではとても行って帰れるところではないことは皆よく知っていました。そこから炭一俵（約十六キロ）を背負って帰ることがどれほど大変なことか、それでも長靴が欲しかったのです。

歩いていても汗は出なかったし、緑も色褪せてきていましたから、九月の十日前後だったと思います。めいめい荒縄などの背負い縄を持って部屋を出ました。バルナバのガラス戸のときと違い距離が長く、出発時間も違うので、長い長い行列になり、全員が揃ったのは十一時を過ぎていました。そこは花敷温泉より約五百メートルほど手前の引沼というところでした。道路ばたの平らな草原に炭俵が幾山も積んでありました。全員揃うと、加島さんと藤原先生が前に立ち、まず加島さんが皆にむかって言いました。内容は、

「戦争が激しくなり、すべて戦争に役立てなければならず、この四月に〈生活物資統制令〉が公布され、楽泉園でもいろいろな物資が今までのように手に入らなくなった。特にガソリンは制限がきつく、今までトラックで運んでいた木炭が運べなくなった。食料品の買い出しが精一杯である。だからつらいだろうが、皆頑張ってもらいたい」

というような話だったと思います。

藤原先生は五日会総代として訓辞を述べたのでしたが、五日会は現在の患者自治会、総代はその会長に相当するものでした。しかし、戦時中のその時代に患者の自治組織など許されるはずもなく、職員の御用機関にすぎませんでした。それでもないよりはあった方がいくぶんなりと患者のためにはなったのです。藤原先生は良い人でしたが、当時学校の先生が大方そうであったように軍国主義者でしたから、このとき何と言ったか憶えていませんが、たぶんお国のために少しでも役立つならば喜んでやらなければ、というようなことだったと思います。

二人の話が終わると、世話係が、一人あめ玉二個、握り飯二つ、それに漬物とお茶を配って回りました。世話係というのは、二舎（約二十五人）を受け持ち、郵便物の配達、支給品の配達、炭の配給、作業賃の支払い等々、区域のありとあらゆる雑務をする係です。私が入園したとき、病院へ連れていってくれた菰田《こもだ》さんもこの世話係でした。作業とはいえ、金銭や郵便物を扱い、人事も扱うわけですから、人の信用がなければなりません。重い荷も持たなければなりませんから、軽症で屈強な男でなければなりません。

彼らは毎朝八時半に分館の控え室に集まって郵便屋の来るのを待ち、その間、在園者の噂とか、新患者の品定めとか、いろいろな雑談をしていました。そこへ加島分館長が出てきて、その日の用事を言い渡すわけです。およそ四十人くらい人数がいました。加島さんから直接仕事を言いつかるわけですから、世話係の言うことは加島さんの言うことであり、それだけに権威あるものでした。そうした権威を持った屈強な四十人もの集団は、在園者にとっては圧迫感となるものでした。

話が横道にそれましたが、握り飯を食べ終わった者から一俵の炭を背中に負い、帰りはじめました。平らな道の間は二、三回休む程度で、さほど苦痛ではありませんでしたが、荷付場から上りにかかると急に背中の炭俵が重くなり、背負い縄が肩の肉にくいこんで痛くてたまらなくなりました。少し上っては休み、つぎの曲り角で休みして、へとへとになってやっと園の炭倉庫に辿り着きました。夕食までに少し時間がありましたから、三時ごろには着いたと思います。翌日足腰や肩が痛くて大変な思いをしました。

それでも私はまだいい方で、暗くなってから戻ってきた人もだいぶいたし、どうしても坂が上れず、友だちや身内の者に炭倉庫の近くまで背負ってきてもらい、炭倉庫のすぐ近くからは自分で背負っていったという人もいたそうです。自分で引沼まで行って炭を背負ってきた人でないと長靴はもらえなかったからです。もっと悲惨なことには、足の裏が麻痺しているため、べったりと摩擦水泡になり、皮がむけて血が靴の中にたまっていたという人さえいたということです。その日の翌日から、しばらくそうした話でもちきりでした。

この炭背負いが、奉仕作業という名の強制労働の本当の始まりでした。とはいえ、こうけが人が出たり、何日も寝込む人が出たりするのではかえって効率が悪いと考えたのでしょう。それに、確かに新品の長靴を一足ずつくれたにはくれたのです。しかしこの長靴はすぐかかとがはがれてしまい、現在のような強い接着剤のない時代ですから、ゴムのりで修理しても修理してもすぐはがれて結局使いものになりませんでした。私はそれを聞いていたので注意して履いたのですが、一ヵ月ぐらいでかかとが取れてしまいました。「海老で鯛を釣る」ならまだよいですが、これでは毛針で釣られたようなものでした。そういうわけで、引沼まで行ったのはこのとき一回だけで、その後は谷を下りてすぐの荷付場とか、別の道を下りる湯の平とか、湯川へ下りて向こう側へ上る田代とか、いずれにしても半日で行ってこられるところで買いつけ、背負いに行かせるようになりました。

寒くなってストーブを焚かなければならない時期が近づくと、今度は赤仁田へ薪背負いに行くよう命じられました。病院の各科、各作業場、本館、分館すべて薪ストーブを焚いていたのです。この薪もそれまではトラックで運んでいたのですが、炭と同様、患者に運ばせることにしたのでした。しかし、赤仁田行きはなぜか全員ではなく、軽症な男子だけに命じられたのでした。誰も場所を知らないため、このときは加島さんを先頭に、皆一団となって行きました。

草津町内を通り抜け、自動車道路を約四キロほど長野原方向へ下り、そこから左側の山道へ入って少し行ったところに、薪は大量に積んでありました。束ねてないので大変背負いにくいものでしたが、各自自分の力量に合わせて背負い、町中をぞろぞろと帰ってきました。大勢だったとはいえ、町の人がじろじろ見ていて、あまりいい気持ちはしません。それで軽症な男子に限った理由がわかったような気がしました。

戦時中とはいえ、まだ太平洋戦争が始まる前でしたし、湯之沢を解散させ、これからいよいよ患者を園内に閉じ込める準備が整いつつあったときでしたので、女子や重症患者にまで薪を背負わせ、町中を歩かせることは、園当局としても具合が悪いと考えたのでしょう。薪は生木で確かに重かったとはいえ、自分の力に合わせて背負ってくればよいわけですから、女子や重症者をはずした理由はそうとしか思えません。赤仁田の薪は一回では終わらず、私も三回ぐらい行ったと思います。

赤仁田の薪が終わると、同じ理由だったかどうかわかりませんが、町を通り抜けていくような場所に薪を買いつけず、もっぱら園の周辺の立木を買い、それを背負いに行かせるようになりました。これはこの年ではなく、もっとあとのことですが、最も過酷だったのは、火葬場の横の地獄谷から薪を上げる作業でした。伐採は木の持ち主か、業者かがやったのですが、それを谷底の平らなところに集めて積み、積んである場所から火葬場と監禁所のあたりの平地まで、患者総出で一列に並んで手渡しで上げたのです。

地獄谷というだけあって斜面が四十五度以上、急なところは六十度はあるのです。転べば下まで落ちていきます。その急勾配に上から下まで一列に並んで、下から一本一本手渡して薪を上げていくのです。

細い薪はほいほいとかけ声をかけてつぎつぎと渡してゆけましたが、大きな薪が上がってくると、手の悪い人や、足場の悪い人が受け取って上の人に渡すのは容易ではなく、下の人ができるだけ上へ上げてやり、いいか、手を離すぞ、大丈夫か、と言って渡し、上の人が手を伸ばしてようやく上げていくという状態でした。そんな状態ですから、時々べったりと血のついた薪が上がってきました。誰か手にけがをしたのです。それでもその人が抜ければ間隔が空いて、その分仕事が停滞するので、そのまま続けるほかなかったのです。

患者たちはこの奉仕作業を「人間鉄索」といっていました。どんな深い雪の中でも行かなければならなかった炭背負いと並んで、本当に過酷な強制労働でした。この強制労働は、戦後昭和二十二年の特別病室廃止、不正職員の追放をかちとった「人権闘争」の直前まで続いたのです。

それにしても、患者はどうしてそんな過酷な強制労働をおとなしく黙ってやっていたのかと、不思議に思われると思いますから、少し説明しておきます。

昭和十六年には「特別病室」に延べ四十四名の人が入れられており、時々何人かの人を連れ出して見せていました。わざわざ見せるために連れ出したわけではありません。「患者懲戒検束規定」は検束期間を一ヵ月としており、特別の場合二ヵ月まで延長できると定めていました。そのため一ヵ月、または二ヵ月たった人をいったん出したことにするため、連れ出して風呂に入れ、散髪、爪切りをして、再びその日のうちに入れたわけです。

私も、五、六人の人が世話係数人に連れられて、ふわり、ふわりと歩いているのを何回か見たことがあります。やせ衰え、顔も手足も真っ白で、蜂の巣の中でサナギからかえった蜂の子ほど白く、とてもこの世のものとは思えない人の姿でした。「肩を押さえてやらないと、浮いてしまって湯につかれないんだ」という話が、世話係の口から聞こえてきました。多磨全生園の洗濯場主任で、長靴の支給を要求した山井道太が、奥さんとともにここへ入れられたのもこの年でした。

こうして「特別病室」という重監房の恐ろしさを見せつけられていましたし、そこへ入れるも出すも、加島正利分館長の胸三寸にあることを皆知っていたのです。

世話係は加島直轄の手兵《しゅへい》でしたが、大方の世話係は自分の受持ち区域の患者をかばっていました。しかし中には、自分の区域だけでなく、園内じゅうの患者の言動を逐一加島に報告する世話係が何人かいました。こういう人を患者たちは「加島の犬」と呼んでいました。

そのため加島は、千人以上いる患者の一人一人について実によく知っていました。そして「こいつは」と思う患者を分館に呼びつけ、「お前はなぜ奉仕作業に出ないんだ」などと詰問し、三角まなこでぎろっとにらむのです。上まぶたの中央がつり上がり、眼が三角になる、実に嫌な目つきの男でした。そして「少し頭を冷やしてくるか」と、特別病室入りを匂わせるわけです。言われた方は背筋が凍りつくほど驚き、青ざめて震えながら、「それだけはかんべんして下さい」と謝りに謝って難を逃れることになります。以後その人は、どんなに具合が悪くても、奉仕作業を休むことはできなくなるのでした。こうして皆おとなしく、過酷な強制労働に耐えたのです。

加島正利は、正式な官職名は「看護長」でしたが、看護の仕事はまったくやらず、もっぱら患者の監督が仕事でした。霜崎事務官の信任も篤く、患者の扱いはすべて一任されていた格好で、いわば患者の生殺与奪権を握っていたといってもよかったのです。

私は十月の初めに金工部をやめてしまいました。そのころには鍋ややかん、流し台などの修理もますます多くなっていましたが、綿貫さんは午前中に来た仕事だけをさっさとこなしてしまい、午後からはバルナバホームの屋根葺《ふ》きに行くのでした。全生園から来た六人の大工さんは皆が建具を運んだあと、バルナバホームと望学園の建物を解体し、旧グランドの東側にバルナバホーム、西側に望学園を建て終えていたのです。その屋根葺きを綿貫さんが請負ったのでした。

屋根はトントン葺きの板屋根にトタンをかぶせたものでしたから、綿貫さんでなければできない仕事でした。最初のころ、私も見ていましたが、トントン葺きが本職というだけあって、それは見事なものでした。総二階の大きな高い屋根の軒先までこば板の束を持っていって並べて置き、束を解いて薄いこば板を手の届く範囲に並べ、腰に提げた釘袋から釘をつかんでぱっと口の中へ入れる。その釘を、頭を先にして一本ずつ口から出す。それを四角い金づちを持った手でつかみ、こば板にトンと突き立てる。金づちの柄には手で持つ内側に真ちゅうの板がついているのでした。突き立てた釘を四角い金づちでトントンと二回叩くと釘は完全に頭まで入ります。トン、トントン、と口から出しながら打つ音が全然とだえないほどの早わざでした。それでも建坪百五十坪の屋根はそれ以上に広く、こば板を重ねて打っていくのですから、容易に終わりません。それで金工部は午後は私一人になりました。

私は、自分では不器用ではないと思っていましたが、トタンを切るのも、トタンの端を折ってトタンとトタンをつなぎ合わせるのも、ハンダ付けも鍋の修理も、何一つうまくできませんでした。どだい半年ぐらいで覚えられる技術ではなかったのかもしれません。

若杉さんの義足作りはだいぶ上達して、多くの人が頼むようになっていました。義足に必要なトタンを切ったり、ハンダ付けをすることはできるようになっていましたが、私に教えるまでにはなっていませんでした。井村茂兵君は、すでに夏の初めにやめてしまっていたのです。

話が少しそれますが、あとで書く機会はないと思いますので、ここで井村茂兵君のことを簡単に書いておきたいと思います。

彼は、私と一緒に藤原教室に通っていたときから、図書室にあった、誰も読まない『科学朝日』というA四判ぐらいの薄い雑誌を借りてきて、熱心に読んでいました。幸いなことに、彼の同室に、高等工業かどうかはわかりませんが、高等学校出の英語がぺらぺらの中野さんという人がいたのです。その人に横文字の読み方と意味を教わりながら、大量にあったその本を読みこなしていきました。

一時は庭に棒を何本も立て、「雷をつかまえる」と言って銅線をその棒の先にはりめぐらし、寮の人から「茂兵は気が狂った」などと言われたこともありましたが、私と一緒に金工部に出たころには、ラジオの修理は皆彼のところへ持ってくるほどになっていたのです。

広島に新型爆弾が投下され、それが原子爆弾とわかったとき、井村君は私ともう一人の藤原教室の仲間に原子と核分裂の説明をしてくれました。こうした知識を彼が持っていることを皆知っていて、患者からも職員からも「大したもんだ」と感嘆の目を向けられていました。

戦争が終わると間もなく、彼は有線放送用の機器一式が本館の倉庫に眠っていることを知り、自分にやらせてくれと園当局と交渉し、とうとうその機械を出して、放送設備の施工を任せてもらうことに成功しました。現在の機械に比べればうそのように大きな、人間の背丈よりも高く、厚い板のような機械を二つ立てる放送機でしたが、茂兵君はそれを一人で組み立て、各室に設置するスピーカーの配線には患者作業員を二人ほど手伝いにつけてもらい、園内全室に放送できる設備を完成させました。そして自ら放送部長となって園内放送をしていましたが、これで自信がついたのか間もなく軽快退園しました。

彼は右頬の筋肉が動かないだけで、他のどこにも麻痺はなく、健常者同様でした。大風子油注射を真面目にしていましたから、初期治療で完治したのだと思います。彼は今でも社会で健在です。二人の子もあり、二人とも大学を卒業させています。退園して四年ほどたったとき面会に来て、「電気技士二級の免許を取り、大きな電気設備会社に勤め、全国を飛び回っている。実はその前年、草津町の電話を自動ダイヤル式に変える際、主任技師として来ていて、ホテルに泊まっていたのだが、園の人に会わないかとひやひやしていた」と話してくれました。

そういうわけで、金工部は午後から私一人になったのでした。仕事はできないし、いっそのことやめてしまおうと、やめたのです。実はこのとき、私はやめてよかったのです。というのは私がやめるとすぐ、国鉄職員で、トタン屋専門の本職の新入園者が金工部に出ることになったからです。

この人は根っからのトタン屋で、綿貫さんより若く、腕も上でした。トントン葺きが終わったバルナバ寮の屋根にトタンをかぶせるのは、この人と綿貫さんと二人でやりましたが、二、三日でかぶせてしまったと思います。望学園も同様でした。そして、湯之沢から自分の持家を移築した人も十数軒、慰安会でも売買家屋を十数軒建てました。これらの家の屋根は皆この二人で葺いたのです。

屋根ができると、全生園から来た大工さんたちはどんどん中の造作を仕上げ、翌年三月にはバルナバ寮と望学園が完成しました。四月から弟たち学童は、この学校で学ぶことになったのです。とはいっても終業証書も卒業証書ももらえなかったのは同じで、もらえるようになったのは「癩予防法」闘争後の昭和二十九年、草津町小・中学栗生分教場として正式に認可されてからです。バルナバ寮へは男子独身者が入りました。

金工部をやめて一週間ぐらいたったとき、中央会館の前でばったり加島さんと出会いました。彼は、例の三角まなこでじろりと私を見て言いました。

「金工部をやめたそうだが、何でやめたんだ?」

私は風呂場の前で見たあの白い人たちの姿を一瞬頭に浮かべましたが、別に悪いことをしたわけではなし、ここは病気を理由にするに限ると思い、

「神経痛で、トタンを叩くとひびいて痛くてしようがないので」

と答えました。加島さんは「そうか」と言って歩いていきました。やれやれでした。

園内全体の患者作業の采配は一見、懆君が出ていた作業事務所でしているように見えました。「義務看護」や火葬当番の順番も作業事務所から連絡してきましたし、あの作業につけ、この作業につけということも、世話係を通じてすべて作業事務所から言ってきましたし、出勤票も作業事務所に出すようになっていたのです。しかし、実際に実権を握り、采配を振っていたのは加島分館長なのでした。作業事務所も世話係同様、加島の手足にすぎなかったのです。

こうして「特別病室」という重監房の恐ろしさと、いつでも誰でもそこへ入れることができる施設管理者の恐ろしさが、園内のみならず全国に知れわたり、二年がかりで本妙寺と湯之沢の大患者部落の収容に成功したことによって、いよいよ為政者たちは家庭にいるハンセン病患者を根こそぎ強制収容すべく、この年の十一月、第十五回「日本らい学会」において、五千床の

増床と傷痍軍人らい療養所設立案（後に駿河療養所に決定）を決めました。もっともこのころ、楽泉園をはじめどの療養所も定床をはるかに超過する収容をしていて、住居は過密、食糧費・医薬品費をはじめすべての予算がその分だけ少なくなるという事情もありました。

そしてこの年十二月八日、日本は太平洋戦争を始めたのでした。まさに苦難の始まりの昭和十六年でした。

八　病棟看護と昭和十七年事件

加島さんに会った二、三日後、世話係から、第三病棟の看護人が欠員だから行かないか、と言われました。加島さんに神経痛と言った手前、病棟看護はどうかなと思いましたが、作業賃が入らないと困るし、それに病棟看護に出ればあまり奉仕作業に出なくてもよいのではないかと思い、行くことにしました。そのころは全患者の炭背負い、薪上げの他に、青年団（園内青年組織）の奉仕作業にも出なければならず、ほとんど毎日奉仕作業でした。

青年団の奉仕作業はグランド造り、温泉引湯用木管にする松の木の山出しなどでした。グランド造りは、北側の丘陵の土を掘り崩して南側へ運んでいくという作業でした。現在のように重機があるわけではありませんから、唐鍬《とうぐわ》やスコップで掘った土をもっこで担ぎ、リヤカーに積んで運ぶという、いつ果てるとも知れない作業でした。

松の木出しは、官舎と保育所の間の熊笹の密生した傾斜地に生えている松の木を伐り倒し、木管にできるまっすぐな部分の両端を伐り落として笹の中に転がしておく、そこまでは本職がやっていました。それにロープをかけ、ロープに担ぎ棒を通して四人、または六人と、太さと長さに応じて人数を決めて、官舎の横の馬車道まで運び出すのでしたが、傾斜地に凹凸のある地形で、そこに熊笹が密生していたため足場は最悪でした。

ロープで吊り上げた生木の松丸太は重く、一人が熊笹に足をとられたり、あるいはくぼみに入る、高い場所へ上る、などすると、木はそのつどゆらりゆらりと動き、重心を移します。私は背が低いので、平均に担いでいるときは割合楽でした。しかし木が揺れて、重心が私の方にかかってくると、肩の骨が折れ、つぶされるのではと思うほど重くなりました。渾身の力をこめて踏みとどまるのですが、全身の血がさぁーっとひいてゆき、もうだめかも、と思ったことも何度かありました。私にとって「人間鉄索」の薪上げより、この青年団の松の木出しの方がはるかにつらい奉仕作業でした。

病棟の看護人になれば、そうした奉仕作業に出る回数が減る、と思ったのです。第三病棟と第四病棟はまったく同じ造りで、十ベッド一部屋の二部屋分の真ん中に戸を立てないで二十ベッドの通し部屋にし、それを六人一組で看護するのでした。真ん中の部屋の仕切りのところのベッドを当直ベッドとして二人で当直をし、当直明けが休み、残り四人が日勤で、十八人の患者を看護するという体制でした。

第四病棟へ通じる廊下をはさんで西と東に同じ病室があり、私が行ったのは東側でした。第四病棟もまったく同じでした。その他に第三病棟、恩賜病棟、日赤病棟があり、恩賜、日赤は結核病棟でした。男女の区別、外科内科の区別、重症軽症の区別もなく、当時すでに入園患者は千三百余名にふくれ上がっていましたから、病室はいつも満員で、具合が悪くても入室できず、ベッドの空くのを待っている状態でした。

十八人の患者を四人で看護するのは、大変な忙しさでした。配膳下膳、食器洗浄、排泄の介助、排泄物の処理、室内の掃除、売店の買物、入退室の世話、その他一切の用を足してやらなければなりません。看護婦は治療に来るのと、午前一回、午後一回の検温、夜「異常回り」といって七時に一回来るだけで看護は一切手伝いませんでした。当直は、日勤をした四人の中の二人が残って翌朝までやるのでしたが、翌朝の洗面、お茶、朝食の時間が忙しいだけで、夜はさほどの仕事はありませんでした。

それでも具合の悪い人が出ると、看護人部屋から当直の看護婦に電話して来てもらうわけですが、いくらベルを鳴らしても起きてこない看護婦もいました。そんなときは、病棟から医局への渡り廊下を通り、医局の中を通って本館への渡り廊下を抜け、本館の横から外へ出て、当直部屋の窓ガラスをがんがん叩いて起こしてこなければなりません。渡り廊下と医局の間は約三百メートルはありました。冬の吹雪く夜など暗いし、寒いし大変でした。私たち男でも大変でしたから、若い看護婦一人で来るのは恐さも手伝っていっそう大変だったろうと思います。

私は、看護人の主任・原子作造さんと当直をすることになっていました。なっていたというのは、原子さんと組んでいた人がやめ、そのあとへ入ったからです。原子さんは私より一つか二つしか年上ではありませんでしたが、四つも五つも年上に感じられる人でした。眉毛が少し薄い程度で、それ以外に病気の症状はまったくなく、色白の美青年で、容貌だけ見れば私より年下に見えたでしょうが、することなすこと、私など遠く及ばない大人でした。

病室の床は板張りで、その床を、今ではモップといいますが、当時は「ぼんてん」といった、そのぼんてんをたらいの水につけて、出入口の敷居の横にぽんぽんと叩きつけて水を切って拭いていていました。そのくらいで水は切れず、床はべったり水に濡れます。そのため看護人はほとんどゴム裏ぞうりを履いて、ばたばた音を立てて歩いていました。原子さんも同じぞうりを履いていていましたが、決して音を立てずに歩きました。そして病人が「看護人さん」と呼ぶと、「うっ」という返事と同時に立っていきました。

看護人の中には呼ばれると「何だ」と大きな声を出し、用件を言わないうちは立っていかない人もいました。もともと病人は、一日十銭の作業賃でやっている看護人に、遠慮しながらものを頼んでいるのですから、そういう返事をされれば、着替えをさせてもらいたいと思っても「お湯を下さい」となるわけです。原子さんは、入室者にそういう思いをさせないように細かく神経を遣っていました。当直の夜はほとんど眠っていないようでした。病人のわずかな動きにも、起きてそばへ行っていましたから。

一週間に一度、便器と尿器を風呂場の排湯のところへ持っていって洗うことになっていました。お湯ですし、酸性の強い温泉ですから、汚れがよく落ちて、簡単に洗えるのです。毎日の仕事は忙しく、便器も尿器もただゆすぐだけでしたから、尿器は黄褐色に染まり、便器の内側の横には便が一面にこびりついているようなときもありました。

尿器は棒の先にぼろ布をつけて、温泉を入れて二、三回こするときれいに落ちますが、乾いてこびりついた便器の方は、柄つきたわしでこすってもなかなか落ちません。原子さんは最初から柄つきたわしは使わず、荒縄を丸めてたわし代わりにしたものを素手でつかんで、温泉をいっぱいに入れた便器の中へ入れて汚れをこすり落とすのです。当時ゴム手袋もまったくないわけではありませんでしたが、そんなものは園からは支給されず、一日十銭の作業賃で買える値段ではありませんでした。

温泉のお湯を使って手でこするのですから、汚れはたちまち落ちて、真っ白いホウロウびきの便器は新品のようにきれいになりました。私にはとてもできない。この人は宗教家なのだろうか？　などと考えながら、畏敬の念をもって見ていました。しかし、原子さんは別に宗教心でやっているのではありませんでした。どの宗教にも入っていませんでしたから。

ある当直の夜、私は看護日誌に看護婦を批判する文を書いておきました。事柄は忘れましたが、患者が症状を訴え、処置を頼んでいるのに、看護婦があれこれと応答するだけで医師に連絡もせず、患者に我慢させたからです。あれでは看護婦としてよくない。看護婦は患者の立場を一番理解していなければならない。その看護婦が患者の訴えを医師に連絡せず、患者に我慢させるという考え方は間違っている。教育し直す必要がある、というようなことを書いておいたのです。それを不用意に床頭台《しょうとうだい》の上に置いておきましたので、七時の異常回りに来た看護婦に読まれてしまったのです。

子供が二人いて、夫の看護士が出征中のヒステリックな看護婦でした。私も原子さんも火鉢の前に腰かけていましたが、私は本でも読んでいたのでしょう、彼女が日誌を読んでいることにまったく気づきませんでした。やがて読み終わった彼女は、その日誌を持って私たちの前へ来て、

「これは誰が書いたんですか?」

と、私をにらみながら厳しい声で詰問してきました。まずいことになった、どう対応しようかと考えていて、私は答えませんでした。看護婦は、

「誰が書いたんですか?!」

といっそう厳しく言いました。すると原子さんが、

「私が書いた」

と答えました。私は困ったと思いました。自分でしたことを、人がしたことにして済ますわけにはいきません。看護婦は、

「これは原子さんの字ではない。原子さんではないでしょう。誰が書いたんです」

と、いっそう強く私をにらみつけながら言いました。

「いや私です。私が書いたんです」

原子さんは頑として自分が書いたと言い張りました。そこまでくるともう、書いたのは私ですとは言えません。結局看護婦は、

「原子さんがあくまでもそう言うのなら、そういうことにしておきましょう」

と言って、去っていきました。看護婦が病室を出て、足音が廊下を遠ざかっていってから、私は、

「どうもすみませんでした。迷惑をかけてしまって……」

と謝りました。原子さんは、

「いや、いいんだ。こういうときは本人じゃない方がいいんだ。あれで彼女も問題にはしないだろう。しかし、問題になったとき、これはない方がいいから、燃やしてしまおう」

と言い、そのページを切り取って、火鉢にかざして燃やしてしまいました。

原子さんの言う通り、このことはその後何ら問題にはなりませんでした。しかし、看護婦が仲間の看護婦にこのことを話し、加島の耳にでも入れれば、ただでは済まないところでした。

「患者懲戒検束規定」の第三条には「職員の指揮命令に従わざるとき」という項目があり、その場合「一ヵ月以内の謹慎又は二分の一の減食若しくはこれを併科す」となっていたのです。職員の指揮命令に従わなかったのとは少し違いますが、看護婦の指揮命令を批判する文を書き、誰が書いたかとの問いにうその答えをしたのですから、どのようにでもこじつけられたわけで

す。謹慎は「監禁室」か「特別病室」で、半食ということになるわけです。まさか「特別病室」へは入れないだろうが、問題になれば一週間ぐらい監禁室に入れられるかもしれない。そうなったときには私が書いたと正直に言おう、と私は覚悟していました。

看護婦にしてみれば、自分の発言いかんでそうなるかもしれない、その場合、自分も看護人や患者から総反発を受けるだろうと考え、問題にしなかったのかもしれません。あまり患者からよく思われていない看護婦でしたから……。原子さんはそこまで見通していたのかもしれません。

そうした原子さんが、翌昭和十七年、れんげつつじが満開のときでしたから六月の初旬だったと思います。当直の夜七時の看護婦の異常回りが済んだあと、

「これから九時ごろまで出かけたいんだが、すまないが一人でやっていてくれないか」

と私に言いました。私は大きな借りがあるし、あれ以来いっそう原子さんを尊敬していましたから、

「一人で大丈夫だから、ゆっくり行ってきて下さい」

と言いました。原子さんは、まだ昼の明るさが残る外へ出ていきました。

それから原子さんは、当直の夜、時々そうして出ていくようになりました。私はそのとき満十七歳でしたから、原子さんは確か十九歳だったと思います。病気の症状のほとんどない、色

白の美青年ですから、看護婦と仲良くなっても ちっとも不思議ではありません。しかし、原子さんにはそうした噂はまったくありませんでした。一銭、五銭を賭ける花札とばくも園内に一ヵ所や二ヵ所はありましたが、そういうところへ行くとはさらに考えられないことでした。いったいどこへ何をしに行くのだろうと、私も不思議に思うようになりました。やがて、原子さんはこのために出かけていたんだな、と私にもわかるときが来ました。

七月十三日から十五日の晩まで、三晩の盆踊りが済んで、草津高原にも夏らしい日が来るようになったある日、誰に言われたか今では忘れましたが、

「今、待遇改善の要求をしようという話が内密に進められていて、天城の三号が集会所になっている。いずれわかると思うので、お前も仲間に入って、絶対に秘密を守ってくれ」

と言われたのです。もちろん、私はこれを承諾しました。

そのころ、配給品の極端な減少、給食の急激な悪化で在園者の生活は困窮し、不平不満が渦巻いていました。とはいえ、このころはまだよかったので、戦争が激化するに従って悲惨な状態になってゆくわけですが、昭和十六年に比べると十七年は給食が急に悪化したのです。引沼へ炭背負いに行ったときは、お握りが出ました。それよりあとの「人間鉄索」の薪上げのときもお握りが出たのです。つまり、ご飯が握れる程度、米粒が入っていたということです。ところ

が十七年の正月を過ぎたころから「封筒の口を貼るためにご飯の中の米粒を探すのが容易でない」という麦ばかりのご飯になり、量も減り、おかずも沢庵だけ、白菜漬だけという状態でした。これにはまず軽症独身舎の者がまいってしまい、何とかしなければと、待遇改善要求に起ち上がるべく密かに会合を重ねていたのでした。

いつの場合でもそうであり、それは当然のことですが、身体の不自由な者がよりいっそう困難な状態に置かれます。給食の悪化に加え、不自由舎居住者は生活物資の欠乏に苦しんでいました。とりわけ長靴がないのには困り果てていました。長靴には全患者が困っており、だからこそ身体を悪くしてまで炭背負いに行ったのです。不自由舎の人はそれにも行けず、治療に行くのに一足の長靴を交替で履いてゆくという有様でした。しかし治療は午前中だけ、各科一斉でしたから、それにも限界がありました。泥田のような道をゴム短靴で医局に通うのは、並大抵の苦労ではありませんでした。

そういうわけで、不自由舎の人たちはこの運動にほとんど全員が自ら加わったのでした。自分たちはどうなってもいい。このままでは、いずれ長くは生きられない。どんな協力でもするからやってくれ、というわけでした。事実この時期に独身不自由舎にいた百六十人ほどの人は、戦中戦後の食糧難と劣悪な治療とで、昭和二十三年ごろまでに大部分が亡くなりました。残った人は数名にすぎません。

こうして軽症独身舎、不自由舎の人たちがほとんど運動に賛同し、軽症夫婦舎の人にも拡がっていきました。運動が失敗すればもちろん、成功しても、終わったあとで首謀者が検束される危険があるので、役員とか代表者とかは一切決めず、集会場所三ヵ所を決めて、そこへ集まって集団指導でやることにしていました。

先にもちょっと述べましたが、この運動で最も難しいのは、患者の利益代表であるはずの「五日会」が園の御用機関になっており、四十人近い世話係は加島分館長の手兵《しゅへい》であり、その中には忠実な加島の犬もいる。いかにして具体的計画を彼らに知られないようにするか、ということでした。

運動そのものを知られないことは、賛同者の人数からいっても不可能であろう。それはやむをえないとしても、彼らがどの程度内容を知っているか、それをこちらも把握していなければ具体的計画は立てにくいし、行動も起こしにくい。そのため、選挙で選ばれる五日会役員に仲間三人は当選させられるだろうと、三人を選んで密かに運動し、当選させました。十人の中の三人が楽に当選しましたから、全在園者の三分の一の賛同者がある、と大いに喜び、運動にはずみがつきました。

この三人は、五日会や世話係、分館長などの動向を探ることと、決起後の待遇改善交渉の中核になるという任務を持っていました。しかし、この三人を五日会に当選させたことが良かったのか、かえってマイナスだったのか、あとから考えるとわかりません。というのは、三人の新人が当選すれば、三人の常連が落ちることになり、その人たちの恨みをかうことになるからです。

また、当選者の顔ぶれにも問題がありました。当選したのは、いずれも軽症独身舎居住者の村田、花井、向井という人でした。村田さんは私より早い入園で中等教育も受けていましたから、役員に当選するのは不自然ではありませんでしたが、花井、向井は入園後まだ二年あまりで、花井さんは大学卒とはいうものの若いころモルヒネ中毒になり、知識はあるが気力、思考力に欠けるという噂でしたし、向井さんは中学中退でまだ若く、いずれも当選は不自然であり、運動して当選させたことがはっきりわかる人たちでした。このため相手の警戒心を強めることになったのは確かだったと思います。

しかし、はずみがついた運動組はまったくそれに思い至らず、相手側がまったく静かであり、運動のことは話にも出ないので、何も気づかれてはいないと見て、いよいよ決起することになりました。私は藤原先生の教え子なので警戒されたのか、それとも身体が小さいので役に立たないと思われたのか、くわしい計画は知らされませんでした。藤原先生は当時五日会の役員で、改選前は副総代、改選後のこの時点では総代でした。

くわしいことは知らされませんでしたが、決起と同時に本館に放火して騒ぎを起こす、その騒ぎに門衛や職員があわてている間に別の者が

「特別病室」へ行って牢獄をぶち壊し、中の人を助け出したあと火をつける、という計画の大まかなことは知っていました。本館と「特別病室」に火の手が上がったら、双方が一緒になって喚声を上げながら官舎へ行って火をつけるので、そのときは行ける者は全員行く、というものでした。

なぜこんな無謀な計画を立てたかといえば、先にも書いたように「特別病室」へ入れられた人の無残な姿を見せつけられていましたし、加島がそこへ入れることをたえずちらつかせていましたから、あれがある限り、どんなにつらい奉仕作業にも窮乏生活にも文句一つ言えず、ただ黙って耐えるしかない。「特別病室」さえ打ち壊し、焼き払ってしまえば、待遇改善要求の交渉が安心してできる、目的は半分以上達成されたようなものであるということ。もう一つは、長靴をはじめ配給物品がこれほどなくなり、この年になってから給食が急に悪くなったのは、職員幹部が横領、ピンハネをしているからだと患者たちの大方が疑っていたために、官舎の打ち壊し、放火というところまで発展していったのだと思います。

確かに当時、霜崎事務官を頭にして、園の幹部職員が、患者に炭薪を運ばせて浮かせたガソリンを使い、患者に支給する物品を横流しし、莫大な利益を上げて私腹をこやしていました。昭和二十二年の「特別病室」廃止、職員の不正糾弾を掲げた一大「人権闘争」で、その一端が明らかになりましたが、それによると①トラック二台（国庫財産）、②米、③お茶、④白羽二重《はぶたえ》、⑤たばこ、⑥包帯・ガーゼ等々、あらゆる品目を横領売却し、その金額は概算四三六万四百円となっております。しかも、これは昭和十九年より二十二年の闘争時までに判明した分だけで、これ以上どれほどあるかは権力の手を借りなければ調べようがない、と闘争委員会は記録しております。

そういう事実はあったのですが、それを本格的にやりはじめたのは昭和十八年ごろからであり、昭和十七年のこの時点では加島たちも、そういう悪事ができることを知ったばかりで、少しずつ物品や食料品の横領を始めた程度で、全患者の支給品や給食に影響するほどの横領はしていなかったろうと思います。それよりも、待遇が急に落ちた原因は、定員超過の強制収容にあったと私は思います。

昭和十七年の収容定員は九七五名でしたが、実人員は一二六二名で、二八七名が定員超過です。超過分の予算は出ませんから、九七五名分の予算からピンハネしなければなりません。食糧にしろ、配給品にしろ、それだけ少なくなるわけです。特に新入園者には布団上下三枚と枕、ゴム短靴、茶碗などを渡さなければなりません。この定員超過は、昭和十六年の「生活物資統制令」が公布された年から毎年続いていたのですから、物品不足になるのは当然のことでした。

こうして、この十七年の闘争計画は、全体としては八方破れの、ずさんな、無謀なものでありましたが、「特別病室」打ち壊し、焼き打ち、本館放火の計画はさすがに厳格に秘密が守られ、緻密な計画が立てられていました。早くからその行動隊二十名ほどが選ばれ、署名押印していました。

三ヵ所の集合場所のうち、一ヵ所は私のいる天城舎でしたが、もう一ヵ所は原子作造さんがいる春日舎でした。春日舎には木工部に出ている人や本職の大工さんもいました。私は行動隊に入っていませんでしたからはっきりは言えませんが、この人たちが中核になっていたと思います。原子さんも当然入っていたでしょう。そして、この人たちが打ち壊し用のかけやなどの用具を準備していました。相変わらず病棟の当直は原子さんと一緒でしたが、この問題について原子さんも私も一切ふれませんでした。

行動隊には、春日舎の人たちを中心にして、軽症独身舎の動作の機敏な屈強な人たちを選んでいたと思います。あまり屈強ではなく、動作も機敏そうでありませんでしたが、隣室で弟と同居していた石川さんもこの行動隊に入っていました。石川さんは土建業のプロだったので、打ち壊しには必要だったのでしょう。

石川さんには、今夜決行なので、彼女にそのことを伝えに行きたいので、一緒に行ってくれないか、と言われました。石川さんはそのとき、すぐ裏の石楠花《しゃくなげ》舎が女子独身舎になり、その一号室に入った背の高い女性との結婚が決まっていたのでした。石川さんは彼女を廊下に呼び出して言いました。

「これから行くが、どうなるかわからない。万帰れなくなったら、この人に相談して行動してくれ」

そのために私を連れてきたのかと思い、そのとき初めて、命がけのことをやろうとしていることを知りました。彼女は、困ったような、心配そうな顔をしていましたが、やがて、

「わかりました。気をつけて行ってきて下さい」

と言いました。十一月の十日ごろでしたが、その時期としては暖かく、今にも雨が降り出しそうな、低く曇っている夜でした。石川さんはいったん部屋に戻り、身仕度をして、何かを入れたリュックサックを背負って、暗い闇の中へ出ていきました。

その夜の計画はこうでした。二十人の行動隊を「特別病室組」と「本館組」に分け、「特別病室組」は第四病棟の土堤下で待機する。「本館組」は正門から下りてきて、病棟の方へ行く道と、売店の前へ出ていく道とに分かれる三叉路の手前の土堤上で待機することになっていました。そしてそれぞれの位置について、「行動開始」の合図を待っていました。石川さんが「特別病室組」だったことは間違いありませんが、原子さんがどちらだったかはわかりません。

一方、五日会の三人は、それぞれ別の五日会の役員を訪ね、彼らが今夜の決起を知っているかどうかを探り、知っていなければもう一ヵ所の集合所である妙義舎に知らせ、妙義舎から天城舎へ行動開始の指示を出すことになっていました。そして村田さんと向井さんは出かけましたが、花井さんは出ていかず、自分の部屋にい

たのです。しかし、それをなぜかと問責している余裕はすでにありませんでした。

村田さんは、同じ三重県人で日ごろからつき合いのある総代宅へ行きました。ところが、そこには他の五日会役員や世話係までいて、村田さんは軟禁状態になり、藤原先生にこんこんと説得されました。向井さんは音楽部の仲間の山本好美宅へ行きましたが、そこでも同じ状態でした。村田さんはこの状態から、すべての計画が筒抜けになっていたことを知り、「すぐ計画を中止しないと、多くの犠牲者が出る」という藤原総代の勧告を受け入れました。その場にいた世話係の一人がすぐ妙義舎へ走ってこのことを告げ、妙義舎から天城舎へ、天城舎から行動隊へと中止の伝令が走って、はかなくもこの運動は幻の闘争として、淡雪のように消えたのでした。

翌日、どうしてもおさまらない私たち青年二十名ほどが私の部屋に集まり、陣容を立て直して再起しようということで、軽症独身舎に花井さんのほかにもう一人いた、大学卒で柔道三段という及川さんと、東京の中学を出て一高へ進学するはずだったという栗田勝一さんを呼んできて、リーダーになってくれと頼み、二人とも承知してくれたのですが、集まりはそのときだけで二度目は開けず、立ち消えになってしまいました。

というのは、行動計画が中止になった翌日から、運動した中の主だった人が一人ずつ分館に呼び出されはじめたからです。呼び出された人たちの話を聞くと、加島は運動については一言もふれず、「不満もあろうが、時世が時世だから我慢して、園に協力してくれ」というようなことを言っただけだったといいます。つまり、お前たちのやったことは皆知っているぞ、という脅しと、あまりにも多数の者が参加していたので、強い脅しは再び火をつける結果になりかねないという恐れと、両面があってのことだったのでしょう。

私と原子さんは、加島には呼び出されませんでしたが、その代わり四、五日後、藤原先生から午後学校へ来るようにという連絡がありました。一時近くなると原子さんが来て、あんたも呼び出されたろう、と言いました。私が「呼び出された」と答えると、「お説教だな。仕方がない、一緒に行こう」と言いました。天気のよい暖かい日でしたが、私たちは風呂場の前、分館の前、中央会館の前を通り、坂を三つも下りていく約六百メートルの道を、重い足どりで学校へ行きました。例の全生園の大工さんが湯之沢から移築した「望学園」でした。

二人は職員室に通され、私は藤原先生の前の椅子に腰かけさせられ、原子さんは少し離れたところで、大野先生の前にかけさせられて、さんざん油をしぼられました。原子さんは藤原先生の教え子ではなく、大野先生は北海道出身、原子さんは青森出身ということで、二人が親友だったからです。そのときの藤原先生のお説教の内容はまったく憶えていませんが、ただ一つ「国禁を犯してたばこを吸っているような者に何ができるか！」と、目が覚めるような大声で怒鳴られたことだけは、今だに憶えています。

藤原先生はいい人でしたが、コチコチの軍国主義者で、戦後は福田赳夫の園内後援会の会長をしていた人ですから、思想的には私とは合いませんでした。しかし、ずっと深いつき合いをし、喜寿の祝いを数日後にして亡くなったときには、教え子を代表して私が弔辞を読みました。

こうして、この事件は完全に終わりました。どんなことにも二つの側面がありますが、この事件にも功罪の両側面があったと思います。功としては、それから五年後、昭和二十二年の「特別病室」廃止、物品の横領・横流しの摘発、不正職員の追放という、ハンセン病行政史上画期的な一大「人権闘争」の源泉になったことです。罪の一面はこの事件が不発に終わったことで、何をやっても患者は抵抗できないという自信を霜崎、加島ら職員幹部に持たせ、国家公務員とは思えない大胆かつ大規模な横領・横流しの不正を働かせる原因になったと思われることです。

いずれにしても加島の言う通り、この年に待遇改善運動が成功するはずはありませんでした。この年昭和十七年一月一日には食塩の通帳配給制が実施され、二月一日には衣料品の切符制が実施され、十一月二十六日には「欲しがりません勝つまでは」という戦時標語が発表されております。そして翌十八年八月から九月にかけては、空襲時に備えて上野動物園のライオンなど猛獣類を殺しています。真偽のほどはわかりませんが、この猛獣を殺すことを決める際に、戦火が激しくなり、本土に及ぶような場合には、精神病患者、つぎにらい患者を抹殺することを決めていたというのです。そういうときでしたから、犠牲者を出さなかっただけでもよしとしなければならなかったのです。

とはいえ、まったく犠牲者が出なかったともいえません。というのは、事件から一ヵ月以上もたった十二月二十四日、妙義舎集合組の中心メンバーであった瀬村幸一さんが、突然「特別病室」へ入れられたからです。

なぜ入れられたのか誰も本当の理由は知りませんでしたが、噂としてはこうでした。事件後間もなく、中村利登治が園からいなくなりました。中村利登治とは例の本妙寺の患者集落の長で、「特別病室」へ入れられた人で、運動の指導をしてほしいと頼みに行ったが断わられた人でした。断わったのでこの事件とは何ら関係のない人でしたが、園当局はこの人物が事件の黒幕と見ていて園外へ追放した。その中村利登治に出した手紙が宛先不明で戻ってきた。それを加島に開封され、差出人の瀬村さんは即日「特別病室」へ入れられた。瀬村さんは利登治の行先を知っていたから手紙を出したのだろう。それなのにそこにいないということは、中村は当局によって消されたに違いない、というものでした。

この噂はまことしやかにささやかれ、大方の人がずっとそう信じていました。大方の人がそう信じた理由は、中村利登治は両足義足で手も悪く、患者部落がまったくなくなった以上、どこかの療養所に入らなければ暮らしていけないはずだ。どこかに入園すれば必ずその消息はわかるはずなのに、いなくなったきりまったく消息がない。それはすでにこの世にいないからだ、というように考えたからです。しかし、弟の沢田五郎が、『とがなくしてしす』（皓星社）という本を書くに際してこの中村利登治のことを調べた結果、彼は昭和十九年九月に二十日間ほど熊本の菊池恵楓園に入園し、その後樺太（サハリン）に渡り、時期ははっきりしないが、樺太からの引揚船に乗っていて、船が爆破されて死んだことがわかったとのことでした。

一方瀬村さんは「特別病室」に一冬入れられ、出されてからまた所内の監禁室に入れられ、その後邑久光明園に転園しましたが、そのころには病状がだいぶ悪化していました。足が悪いだけで手や顔は何ともない、一見健常者に見える、腕のいい指物大工さんでしたが、転園するころには顔じゅうに結節が出て、別人のようになっていました。事件のただ一人の犠牲者となった、可哀想な人でした。

瀬村さんがそうなったので、中村利登治が消されたという噂はいっそう信憑性を帯びて語られるようになりました。それほど、加島や霜崎ら園の幹部は患者にとって恐ろしい存在だったということができます。

九　四畳半を買い弟と住む

翌昭和十八年、私と弟は、園の下地区の最南端にある千葉寮の四畳半二室長屋の一室を百円出して買い、そこで住むことになりました。

本来そこは売るべき部屋ではなかったのですが、霜崎、加島などはすでに本格的に金もうけに走り出していて、売るべき部屋でない部屋まで売っていたのです。確かに、中央会館より下は全部「栗生楽泉園慰安会」の土地であり、その土地に建っている建物は、旧分館、浴場、炭倉庫だけが国有財産であり、あとはすべて慰安会の建物でした。しかし、売買家屋としては十坪住宅といった一戸建の家だけだったはずなのです。その他四畳半の長屋とか、六畳、八畳の長屋とか、いろいろ建っていましたが、それらは三井報恩会の寄付とか、千葉寮は千葉県の寄付とか、そういう指定寄付で建てた建物であり、無料で入居させるべき部屋だったのです。それを金を取って売ったのです。しまいには、服部けさ女史がやっていた鈴蘭寮を移築した建物の部屋まで売っていました。買って入るわけですから一人でもよく、兄弟二人でもよく、夫婦でも誰でもよかったのです。

これは相当もうかったと思います。もともと売るべきでない部屋ですから、それだけでも丸もうけだったのに、それ以上のもうけも上げていました。たとえば、私たちは翌年隣室へ移ったのですが、この移動は無料でした。しかし私たちがいた部屋には昭和二十二年の人権闘争までに四人の独身者が入れ替わり、彼らはそのとき各々百円ずつ払ったのです。つまり、四年間で五百円が一つの部屋に払われたわけです。こんな部屋は特別で、百円でずっと住んでいた人もいましたが、たいがいの部屋が二人か三人替わっていましたから、もうけは莫大なものだったでしょう。

それはともかく、私たちが百円払って一緒に住むようになったのは、例の従兄が強く私たちの親にすすめたからです。小さい五郎を大人たちと一緒の共同部屋に入れておくのはよくない。それにこの食糧難に、家から何を送っても共同部屋では二人だけで食べるわけにはゆかない、というのがその理由でした。

私はそのころ家から百円送るのは大変だと思っていましたから、一緒に住めればそれにこしたことはないが、家に無理は言いたくないと思っていました。しかし親としては、小さいときに家を出た二人の子供は哀れだったのでしょう。特に五郎は末っ子でおとなしい子供でしたので、心配は一通りではなかったろうと思います。それで、従兄から言われ、そういう方法があるならといい、一度に送るのは大変だからと、それまでに十円ずつ四回、計四十円を私の手許に送ってきていたのでした。

千葉寮が一部屋空いたので、それを買うために残り六十円を送るよう、従兄は直接私たちの親に手紙を出しました。親たちがどんな無理をしてお金を都合したかわかりませんが、その六十円をすぐ従兄宛に送ってきました。従兄はさっそく、慰安会に払い込むから四十円を持ってこい、と言ってきました。私はそのとき二十円を遣い、二十円しか持っていませんでした。仕方なく、私はその二十円を持って叔母の家へ行きました。従兄は結婚していったん夫婦舎へ行きましたが、すぐ夫婦で叔母の家へ戻り、ずっとそこに住んでいたのです。従兄は、

「四十円あったはずだ、あと二十円はどうした?!」

と、厳しい声で詰問してきました。私は、

「ばくちで負けた」

と言いました。本当は友人に貸したのですが、そう言えば、その友人のところへ従兄が取りに行きかねない、と思ったので、とっさにばくちで負けたことにしようと思ったのです。確かにそのころ、園内のあちこちで花札とばくをやっていて、天城舎三号室でも毎晩のようにやっていましたし、運動が不発に終わったあと、私も病棟の当直ではない夜はよく行っていました。しかし、それは花札とばくといっても、一銭から五銭、十銭という賭け金で、五十銭賭ける人などめったにない、ほとんど舎の人だけの遊びでしたから、二十円も負けられないものでした。が、従兄は、

「ばくちで負けるなんて、何を考えているんだ、この馬鹿もん。親がどんな苦労して送ってくれた金かわかってるのか、ばちあたりが……」

と、さんざん怒鳴り、ののしりました。そして、

「ないものは仕方がない。俺が貸してやるから毎月作業賃で返せ」

と言うのでした。言いたい放題のことを言ったのであり、従兄であるから、そう厳しい条件はつけまいと思っていましたが、従兄が出した返済条件は、病棟看護の作業賃は二円七十銭だから毎月二円ずつ返せ、たばこもやめて残り七十銭でやっていけ、悪いことをしたんだから、そのくらいの我慢はしろ、というものでした。ずいぶん厳しいなあと思いましたが、それに従わざるをえませんでした。

こうして慰安会に百円払い、四畳半一室を手に入れたのです。その権利書というか、領収証というかB六判ぐらいの文書をもらいましたが、それには「慰安会々長古見嘉一」と書き(慰安会々長は園長の兼任)、その下に大きな角印が押してあり、寄付として一金百円也領収した、代償として第一紅葉寮の一室に居住することを保証する、というようなことが書いてありました。

私たち兄弟は三月十六日に天城舎からそこへ引越したのですが、園からはその紙きれをくれただけで、生活用品は何一つ支給してくれませんでした。そのため、引越した当座は大変な苦労をしました。天城舎は共同部屋ですから、自分の持物以外は持ってこれず、私は持っていた金を全部使って包丁とまな板、素焼きの急須、汁しゃもじを買いました。ご飯しゃもじは買えませんでした。汁鍋は叔母が貸してくれました。沢庵とか白菜の漬物とかが給食から出るおかずであり、さつまいも、じゃがいも、里いもなどが主食として出ましたから、包丁とまな板はどうしても必要だったのです。

給食から運ばれるご飯の飯器は隣室と共同であり、一週間交替で後番先番を決めていましたから、後番のときは直接碗に盛ることがでいましたが、先番のときは半分取って飯器を隣へ回さなければなりません。そのための鍋がどうしても必要でした。私はその鍋とやかんは中古だがあったと思っていたのですが、弟が、一九九九年栗生楽泉園の機関誌『高原』に、「梅原富三郎と時計虫のいた家」と題してこの当時のことを連載しています。その五月号の文の中で、「ご飯を入れるものがないのでお膳箱をよく洗ってその中へ入れた。やかんがないのでお湯ものめない。まもなく兄がかごいっぱい所帯道具をもらって帰ってきた。その中に、ところどころホーローの剥げたヤカンもあったし、バケツもあった」と書いています。私にはまったくその記憶はないのですが、弟の方が実害を受け、苦労したわけですから、その記憶の方が正確でしょう。

いずれにしてもご飯しゃもじがなかったことは確かです。一週間か十日間、汁しゃもじで汁もご飯もよそっていました。何かの金が入り、新しいご飯しゃもじを買いましたが、さすがにそのときは嬉しかったのを憶えています。そんな生活でも、若かったからか、兄弟二人で暮らせる解放感からか、別にみじめとも、つらいとも思った記憶はありません。私が十九歳、弟は十三歳のときのことでした。

引越して半月ほどたったある日、母がリュックサックをいっぱいにふくらませて背中に背負い、大きな風呂敷包みを手に持って面会に来ました。五人分ぐらいのご飯が炊ける土釜と、二人では大きすぎるやはり土でできたやかんと、それに家で使っていたつるのついた鉄鍋、その他食物や細かいものを持ってきてくれたのでした。従兄が、二人が一緒に暮らすことになった報告と、ついでにお勝手用品がなくて困っていると書いてやったのでしょう。私は、百円もの大金を出してくれた親にそれ以上迷惑はかけられないと、何も言ってやりませんでしたから……。

当時、私の作業賃は一日十銭で、看護人は無休ですから月三円。そこから例の、作業もできない、音信もない人に月五十銭ずつ支給する金一割を天引きされるので、確かに月二円七十銭でした。しかし、六人で十八人の看護をしているので、入退室が頻繁にあり、入室または退室するときに、二人に一人か四人に一人はお礼として、一円とか二円とかの心づけをくれるのでした。それを月末に看護人の主任が六人に平等に分けてくれたので、毎月作業賃に近い金額がもらえ、実際には月五円ぐらいの収入があったのです。ですから従兄に毎月二円返しても三円ぐらいは残るので、それでぼつぼつ道具を買えばいいと思っていたのでした。

従兄から手紙をもらった母は、いてもたってもいられない気持ちになったのでしょうが、前年の五月に金属回収で、お寺の仏具や鐘まで強制供出させられたほどですから、金属の鍋釜など売っているはずもありません。仕方なく、土でできた釜とやかんを買い、家で使っている鉄鍋を持ってきてくれたのでした。

一人で来たことのない母が、それだけの重い荷物を持ってバスに乗り、汽車に乗り、またバスに乗り、草津町まで来て、そこから四キロはたっぷりある砂利道を必死で歩いてきた、そのときの姿は今でも鮮明に脳裡に焼きついています。熱瘤で死にそうになったとき、兄と一緒に来てくれたときの顔をはじめ、面会に来てくれたときの母の顔はすべて忘れてはいませんが、子を思う親の心を、このときほど強く感じたことはありません。このときの土のやかんは長くもたずに壊れましたが、土釜は大事に使って十年ぐらいもちました。

そこは景色のいいところで、西側の窓を開けると、白根山がそっくり見えました。浅間山は前の家の陰になって、部屋の中からは見えませんでしたが、庭に出て西側の窓の方まで行くと、その全容がふもとの村までそっくり見えました。白根山の方角には谷を隔てて、あの死ぬ思いで担ぎ出した松丸太の松林が見え、その右に保育所が見えていました。

さらにその右横に少し離れて、林の中の崖の上に建つ山城のような白いコンクリートの建物が見えました。あれは何だ、としばらく考えましたが、あっ、あれが「特別病室」か、あんなところに見えるのか、とびっくりしました。「特別病室」は正門の内側で左に折れ、門衛の詰所の庭を通って約五十メートルのところが小高い尾根の頂になっており、そこを切通しにして右側の斜面を掘り下げて平らにし、そこに建てたのです。ですから、正門からも見えないし、園内のほとんどのところから見えなかったのです。それが、千葉寮の方からだと丸見えだったのです。景色が良いのはよいのですが、おかげで「特別病室」と毎日向かい合わせで暮らさなければならなくなりました。

その西側の窓の横に三坪ぐらいの畑があり、きれいに耕して、種をまけばいい状態に二畝作ってありました。その向こうに三つほど、土を盛った土まんじゅうがありました。それはかぼちゃをまくところだとすぐわかりました。自分たちの部屋の領分だとは思いましたが、人が耕したものであり、手はつけられないと思っていたところが、隣室の野口嘉三郎さんが、

「そこは梅原さんがきゅうりを作る予定で、わらの肥しをたくさん入れてあるから、きゅうりをまくといい、よくできるよ。手（支柱）もそこにあるから……。その向こうはかぼちゃをまくといい、そこにも肥しがたくさん入っているから」

と言ってくれました。梅原さんというのは本妙寺部落の幹部で、中村利登治のつぎぐらいの地位にあった人でした。一斉検束で草津へ送られ、「特別病室」へ入れられ、釈放後、百円出してそこに住んでいたのでした。そして、その年の二月に亡くなっていたのです。いない人がやったのなら気がねなく作れると、私は言われ

るままにきゅうりとかぼちゃをまきましたが、なるほどきゅうりは本当によくなりました。下の方からなりはじめ、毎日採っても採ってもぶらぶらぶら下がっていて、支柱のてっぺんまでなってゆきました。塩をつけておかずにしたり、おやつ代わりにしたりして食べましたが、いよいよ終わりだなと思うころになって、私はふと気がつきました。

――待てよ、野口さんは、梅原さんが秋のうちに作っておいた苗床だと言ったけど、梅原さんは現在野口さんがいる部屋にいて二月十二日に亡くなり、そのあとへ現在私たちがいる部屋にいた野口さんが移り、そのあとへ私たちが来たのだから、秋の時点では野口さんの領分の畑であったはずだ。だとしたら苗床は野口さん自身が作っておいたのではないだろうか？――

第一、梅原さんが畑など作ったかどうか？私も何度か見たことがありますが、梅原さんは「特別病室」に入っていたからだけでなく、色が青白く、背もそう高くないのにひょろひょろと見える痩身で、片足垂足《すいそく》（菌が原因で運動神経が麻痺し、足首から下が歩くたびに垂れ下がる状態）のため、ぞうりの鼻緒の横に紐をつけて、それをかかとにひっかけ、ぺたこん、ぺたこんと歩く人でした。そんな人が畑をやったろうか？　金があっても物が買えない時代だから、あるいはやったかもしれない。たとえやったとしても隣りの部屋の領分までやったとは考えられない。やったとすれば、現在野口さんが作っている裏庭の畑を耕作したはずである。そこは私たちのいる部屋の裏にも少しかかっているが、隣りの領分になっている。細長い三角形の畑でしたが、私たちの領分の畑の倍以上の広さがありました。

これはやはり梅原さんではなく、野口さんが作った苗床だな、と思いましたが、すでに食べてしまったものはどうしようもないので、野口さんの言葉を信じているふりをして通すほかない、と思い、かぼちゃもそうして黙って食べてしまいました。こちらもよくなって、一本のつるにオレンジ色の大きなかぼちゃが三つもなりました。ぽこぽこしないかぼちゃで、味はあまりよくありませんでしたが、食糧難の折大助かりでした。

この野口嘉三郎さんという人はよくできた人でした。お勝手、便所が共同で、便所は私たちの部屋の西側の窓の横にあって、野口さん夫婦は私たちの部屋の前の廊下を通っていかなければなりませんでしたから、私たちの生活は手に取るようにわかったはずですが、決してさげすんだり、憐んだり、同情したりした態度はとりませんでした。

あとでわかったことですが、野口さんは熊本県の、後に公害病で有名になる港町の海産物問屋の生まれで、商業高等学校だったかどうかはわかりませんが、高等教育は受けている人でした。穏やかで、いかにも思慮深そうに見える人で、まだ三十歳を過ぎたばかりのはずでしたが、私には四十歳以上の人に感じられました。奥さんはこれとは対照的で、漁師か農家の出身のように、ぴちぴちした元気のいい人でした。奥さんは健常者であり、夫婦で入るには栗生楽泉園の十坪住宅を買って入るしかありませんでしたので、はるばる熊本から来たのでした。しかし、そのとき十坪住宅は売り切れていたので、私たちが入った四畳半を買って入ったというわけでした。

私たちが入ったときには、奥さんは炊事場の手伝いに行っていました。健常者の場合、仮入園という扱いで月額七円五十銭払わなければなりませんでした。患者の給食費は当時月額五円二十銭でしたから、二円三十銭多く取られたわけです。楽泉園は慰安会の建物を売買でき、こうして健常者や湯之沢の患者を仮入所させて、高い食費が取れたのですから、最初から金もうけのできる療養所だったわけです。

もっとも、開園以来ずっと予算定員を実人員が超過しており、前章で述べたようにこの当時は、二、三百人も超過していたのですから、仮入園の人たちから徴収した金はそちらへ回っていたかもしれません。湯之沢部落は十七年中に一人残らずいなくなりましたので、十八年に仮入園で七円五十銭払う人は健常者だけになりました。健常者で炊事で働けるような女性は、湯之沢から仮入園した奥さんを含めて七、八人はいました。この人たち全員を炊事場で働かせることにしたのです。

この年昭和十八年には在園者が千三百人を超していました。それに対して職員は、園長から用務員まで含めて二十七名で、給食の職員は十名足らずでしたから、間に合うはずはありません。仮入園の奥さんたちは、野菜の下ごしらえから道具洗いなど、朝八時半から午後五時まで、休む暇もなく目いっぱい働かされました。

働かせる園側の言い分は、七円五十銭の食費は取らない。その上に甲作業の作業賃（一日十銭）を出す。月二十四、五日の出勤だから、二円四、五十銭になる。合わせて十円の賃金になる、というものでした。しかし、もともと食費は五円二十銭であり、三百人近い人を予算外で食べさせていたのですから、実際には月額四円足らずだったでしょう。その粗末な食事をただにしてもらうだけで、あとは患者と同じ月二円四、五十銭で職員と同じ八時間、職員に働かされたのですから、気の毒というほかありませんでした。それでも体格も良く、元気な奥さんは毎日炊事場に通い、帰ってくると自分たちの畑へ出て、こまねずみのように働いていました。

弟は望学園へ通い、私は病棟看護に行くという毎日でしたが、なぜかそのころは第四病棟に通っていました。なぜ変わったのか、いつ変わったのか全然憶えていませんが、昨年の事件のあと、原子さんと一緒でない方がいい、という藤原先生の指図だったかもしれません。第三病棟と第四病棟とは看護人の顔ぶれが違うだけで、看護の内容はまったく同じでしたから、変わっても別にどうということはなかったのです。

一般の奉仕作業、薪上げ、炭背負いも相変わらずでしたが、看護人を理由にあまり出ませんでした。しかし、青年団の奉仕作業はほとんど毎日になり、休みの日には出ざるをえませんでした。炊事場の里いもの皮むき、これは厚手の板に手ごろな棒を二本、板に近いところで交叉させて打ちつけ、四斗樽に三分の一ぐらい里いもを入れ、いもがかぶるまで水を入れて、四斗樽の縁に乗って立ち、板をいもの中に突っ込んで、棒の両端を持って手を交互に前後に動かすのでした。板で里いもをごりごりこするわけですが、なかなか皮がむけて白くなりません。足許が不安定なので腰は痛くなるし、腕はだるくなるし、大変な仕事でしたが、これはずいぶんやらされました。

戦争はますます激しくなり、軍艦マーチで始まる大本営発表は「太平洋艦隊は、敵艦隊と交戦、巡洋艦一隻を撃沈せり。我が方の損害は軽微なり」といった報道をくり返していましたが、その実、昭和十八年二月初めには、ガダルカナルで二万五千人の戦死・餓死者を出して、残った一万五千人が撤退し、四月十八日には連合艦隊司令長官がソロモン諸島上空で撃墜された飛行機に乗っていて戦死しました。さらに五月十二日、米軍がアッツ島に上陸し、二十九日には二千五百人の日本兵が玉砕、全滅しました。日本軍は北でも南でも、全戦線で撤退の一途を辿っていたのです。ですから食糧をはじめ、あらゆる生活必需品がなくなってきました。

園内の患者は皆、必死で山を開墾して畑を作っていました。私も日勤の日は五時で帰れましたので、陽がのびる四月末から夕方開墾をすることにしました。千葉寮に沿って東側に、六合《くに》村沼尾に行く道があり、私の部屋から約六百メートルほど行ったところに馬頭観音が立っていました。その手前の左側に傾斜のゆるやかな笹原がありましたので、そこを開墾することにしました。そこは前の年に、楽泉園の収容患者を二千人にするため、隣接する国有林野の管理換えを願い出て許可された土地で、個人で開墾してよいことになっていました。

大きな木も生えておらず、短い、細い笹が生えているだけでしたので、これはすぐ刈り取ることができました。そのあと、唐鍬《とうぐわ》とスコップを持っていって起こしたのですが、この唐鍬とスコップをなぜ持っていたのかまったく記憶していません。所帯道具をもらってきたという弟の記憶が正しければ、あるいは同じ人からもらってきたのかもしれません。その唐鍬で土を起こしたのですが、笹の根は地下五十センチぐらいのところに網を張ったようにびっしりとあるものであり、その根を起こしてしまわないと、あとからあとから笹が生えてきて始末が悪いので、そこまで掘り下げるつもりでした。ところが、そんなに掘らないうちに浅間砂《あさまずな》が出てしまいました。

浅間砂とは、色も大きさも大豆ほどの軽石で、黒土の下に薄いところでも一メートル、厚いところは二メートル以上もの層になっているのでした。浅間山の噴火か白根山の噴火で降ったものでしょうが、皆浅間砂と呼び、楽泉園の近辺一帯、浅い深いの違いはあっても、どこを掘っても必ずこの浅間砂の層はありました。浅間砂の層が浅いところにあったために、笹も細く丈も低く、まばらにしか生えなかったのです。

おかげで開墾は楽でしたが、それでも看護の休みの日は、青年団の奉仕作業で「奉安殿」の敷地整備や炊事場へ行かなければならず、五時以降しか開墾に行けませんでしたから、大根、白菜の種をまく八月初めまでには間に合いませんでした。

八月中旬ごろまでかかって二十坪ほどの畑ができましたが、草津高原では、それから種をまいて穫れる作物はありません。それで私はもう一ヵ所開墾しておくことにしました。そこは千葉寮の先の、すでに開墾したところよりずっと手前の右側で、前から楽泉園の土地でしたが、傾斜がきついため誰も開墾しないところでした。私はその急傾斜を深く掘り下げて平らにし、十坪ぐらいの畑を作りましたが、陽が短かくなると五時以後の仕事はできなくなり、結局その年は、梅原さんが作っておいたという苗床から穫れたきゅうりとかぼちゃを食べただけで、自分が一から作った作物は何も食べられませんでした。

十一月の半ばになると草津高原はもう冬で、小雪まじりの強い西風が吹きはじめます。白根《しらね》颪《おろし》といっていましたが、風は日を追って強くなり、寒さも増してきます。

そのころ、「農林一号」とか「茨城三号」とかいって、身の黄色い、大きな味の悪いさつまいもが、主食として一週間分とか十日分とかと、一人一貫目（約四キロ）ぐらいずつ配食になりました。夫婦者は皆、室《むろ》を作って野菜を凍らないように入れておきましたが、私たちにそんな室はありません。そのままにしておいては凍って食べられなくなるので、炊いて適当な厚さに切り、藁で編んで前の軒先に吊るしておきました。干しいもにしておくつもりだったのです。幸い二日ほど強い風が吹かず、表面がひび割れて乾いてきましたので、よしよしと思っていましたら、三日目の晩ぐらいに強い風が吹き、朝起きてみると全部落ちて、庭にばらばら散らばっていました。表面は乾いていたし、庭の土は凍っていましたから泥もつかず、拾い集めて部屋の中に入れ、火であぶっては食べました。

風はいよいよ強くなり、窓や廊下のガラス戸をがたびし鳴らしていましたが、ある晩、床に入ってから風が強まり、ごおーっという音とともに、窓の戸がみしみしっときしみはじめました。窓がはずれるかもしれない、と思い、起きて電気をつけてみました。すると、ごおーっという風音とともに窓が内側へしなうのです。三尺の窓が二枚で、真ん中の窓枠に鍵を通して閉めておくのですが、二重になったその窓枠が、内側へしなってくるのです。

これははずれる。はずれたら部屋にいられないぞー。行くところはないし、と私は必死で窓枠を押さえていました。足をふんばって、力いっぱい押さえていなければならないほど風の力は強いものでした。それはそのはずです。白根山から吹き下ろしてくる風が、途中さえぎるものは何もなく、まともに西窓に吹きつけるわけですから……。良い景色を見せたのだから、その代償を払えと言っているような感じでした。

　寒くなり、体が震えてきそうになったころ、ようやく風が弱まったので、急いで布団に入りましたが、えらいところへ来てしまった、これで冬が越せるのだろうか？　百円もの大金を出してこんなところへ来るんじゃなかった、天城舎にいた方がよほどよかった、などとしきりに考えました。

　それほど強い風はその晩だけでしたが、十二月半ばになると寒さが強くなり、炉の縁に置いて寝る湯呑茶碗の底や、急須の底が割れるようになりました。お茶を少し飲み残しておいたり、お茶がらを捨てないでおくものですから、それが凍り、凍りついてからさらに凍《し》みが強くなるので、氷が膨張して底を割ってしまうのです。炉の炭火にはすっぽりと灰をかぶせ、消えないように火の頭は出しておくので、そのぬくもりは炉の縁にも多少届くはずだと思ったのですが、だめでした。

　急須は二つくらい割りました。しかし、このころには割れたらすぐ新しいのが買えました。従兄からの借金は十ヵ月もかかって返すのは嫌だったので、看護人へのお礼の分配金から三円、四円と返し、すでに返し終わっていましたので、急須や湯呑を買うぐらいには不自由しませんでした。

　貸した二十円は返してもらえませんでしたが、ずっとあとになってその金の遣い道を知り、道理で返してくれなかったはずだと納得しました。その人は昭和二十六年か七年に亡くなったので、すでに五十年もたっているのですから、その人の名も金の遣い途も明かしてもよいのですが、今さら死者の名誉を傷つけることもありませんからここにも書かずにおきましょう。

十二月二十日になると、恒例の餅つきが、五日会、世話係、それに軽症者を加えてお祭り騒ぎで始まりました。しかし、これは大変な仕事でした。朝からつき通しでついて、四日間で千三百余名の餅をつき上げ、一人当たり一升四合(約二キロ)の餅が、この年も配給になりました。それに、これもやはり患者作業で飼っていた豚を殺し、その生肉が正月用として少しずつ配給され、昭和十八年は暮れてゆきました。

十　義務看護・特別看護

　昭和十九年元旦、私たちはその豚肉のだしで雑煮を炊いて食べ、私は病棟の出番だったので、隣りに新年の挨拶をしてゆこうと行ってみました。すると野口さんは小山のように布団をかけて、髪の毛の先だけ出して寝ていました。奥さんはふだん着のまま、そのそばに心配そうな顔で座っていました。

「どうしたんですか？」

　と訊くと、

「夕べ、あれから悪寒《おかん》がすると言って寝たんだけど、熱が三十九度出て」

　と言うのでした。

「風邪ですか？　まだ熱はあるんですか？」

　と訊くと、

「右手の人さし指の先に小さな傷があり、指が太く腫れているので、本人は傷熱《きずねつ》だと言うのだけど、熱は全然下がっていない」

　と、奥さんは言うのでした。お大事にと言って私は病棟へ行きましたが、気になって仕方がないので、当直の看護婦に、病室の治療が済んだら外科治療の用意をして、野口さんのところまで行ってくれないかと頼みました。看護婦は行ってみると言ってくれました。

　当時、日曜・祝祭日には、当直の看護婦が一人、患者地帯に来るだけでした。病棟入室患者の検温、医師の指示が出ている人だけの外科治療、注射などを一人でやって、終わると内科に詰めているのです。病室以外の患者は具合が悪いと内科へ行き、その看護婦に病状を訴え、処置をしてもらうのでした。看護婦は本館に詰めている当直医に患者の容態を電話で伝え、医師の指示を受けて処置するのでした。

もう一人、看護手が本館で当直していましたが、これは保安要員のようなもので、一応病室以外の患者の緊急医療を受け持っていることになってはいましたが、よほどのこと、たとえば命にかかわるような急病とか、事故でもない限り下りてはきませんでした。ですから病室以外の患者は、内科まで行かなければ、何の手当もしてもらえなかったのです。野口さんはとても内科まで行ける状態ではないと思ったので、看護婦に行ってくれと頼んだわけです。

治療棟から私たちの家まで、約六百メートルありました。すでに雪は二十センチほど積もっていました。その道を治療器具と材料を持って歩いていき、治療をして帰るには小一時間はかかります。その間内科は留守になります。そこへ患者が行ったとすれば、内科の前の木の椅子にかけて、寒さに震えながら待たなければなりません。普通なら大いに苦情が出るところですが、すでに述べたように、職員に対して文句一つ、不平一つ言えないときですから、患者はひたすら待つほかないのでした。もともと、業務規則も医師法もへちまもなく、およそ医療機関とはかけ離れた状態でした。

午後から検温に来た看護婦に、行ってくれたかと訊くと、行って指の治療はしてきたが、熱はやはりあの傷から出ている熱だと思う。どんどん冷やすように言ってきたが、冷やしておさまるといいんだけど、ということでした。

二日の日も、三日の日も野口さんの熱は下がらず、ものも食べないということでした。私は看護婦に行ってもらうこと以外、何もできませんでした。四日になってようやく、ご用始めで各科の診療がありました。野口さんは三日間何も食べられなかった身体で、高熱をおして、半ば奥さんに背負われるようにして診察に行きました。私は看護が休みだったので、一緒についていきました。

外科医は、後に楽泉園の園長になり、その後多磨全生園の園長になる矢嶋良一先生でした。先生は傷口のある人さし指の先から手のひらを手首のつけ根まで切り開いて、膿《うみ》を絞り出しました。甲の中央部も二センチほど切り、そこからも膿を出しました。そして、このまますぐ入室し、肘から先をどんどん冷やしてくれ、と言いました。

病室は第三病棟二号室、看護人部屋入口の東側のベッドでした。私と原子さんがやっていた西側の病室で、看護人は皆よく知っている人たちでした。私は看護人にあれこれ頼み、野口さんについていました。奥さんは病室を確かめたあと、すぐ入室の仕度をし、運んでくるべく帰りました。やがて、近所の人や、日ごろつき合っている友人たちが、布団や荷物を持ってどやどやと病室へ入ってきました。それをしおに私は帰りました。

翌日、私は出番だったので、病棟へ行き、朝の仕事が一段落したあと、熱が下がったかどうか気になったので、野口さんのところへ行ってみました。先生に言われた通り、肘から先に氷《ひょう》嚢《のう》を三つ上から吊るして乗せ、腕の下に氷枕を置いて、上下から冷やしていました。熱はまったく下がらず、三十九度以上あると言っていました。一晩じゅう氷を入れていて、夕べは一睡もできなかったと奥さんは言い、眼を赤くしていました。その日も「新年宴会」という園の祭日で、当直の看護婦が、切開した傷の手当てをしただけでした。

これは尋常な傷ではないな。大変なことになったな――と思いましたが、勤務中であり、そのときはそのまま帰りました。しかし、私が看護人をしている第四病棟と野口さんの入室している第三病棟は廊下でつながっており、すぐそばですから、勤務が終わったからといって顔も出さずに家に帰るわけにはゆかないと思いました。それに、眼を赤くして困り果てていた奥さんの様子を見れば、黙って帰るわけにはゆかないのではないか？　おそらく奥さんは大晦日の晩からこちら、安眠していないのであろう。私は看護人をしているのだから、宵の内ぐらいは代わってやって、奥さんを休ませるのが人情というものではないだろうか？　と仕事中しきりに考えていました。そして、結局そうすることにしました。

仕事を終え、看護人部屋で夕食をとり、野口さんのところへ行きました。疲労困憊《こんぱい》していた奥さんは大変喜んで、申し訳ありませんと言うのでした。隣りベッドを付添看護用に借りていて、そのベッドとの間に七輪を置いて炭火で暖をとっていましたが、その付添用ベッドでは安眠できないだろうと考え、ちょうど看護人部屋で寝泊まりしている看護人は一人もいないことを知っていましたので、そこで奥さんを寝かせてもらうことにしました。熱が高い野口さんはもうろうとしているようでしたが、それでも

「お願いします」と言うのでした。

氷が溶けてしまった氷嚢と氷枕に氷を入れ、時々野口さんに吸呑《すいのみ》で水をあげるぐらいの用事でしたが、熱が高いため氷はすぐ溶けてしまい、三つの氷嚢と氷枕一つに氷を入れる作業は、かなり頻繁に行わなければなりません。そのため、あっという間に十二時になってしまいました。翌日は日勤、夜は当直なので、帰って寝ないと疲れると思い、看護人部屋へ行って奥さんを覗いてみました。奥さんは、夫の身を案じる心労と、慣れない病室での苦労とで、よほど疲れていたのでしょう、正体もなくよく眠っていました。起こすのは気の毒になり、私は再び病人のそばへ戻りました。奥さんが「すみません」と言って起きてきたときは、結局二時近くなっていました。

翌日、受け持ちの病室で具合の悪い人が出たり、午後は入退室者があったりして忙しく、野口さんを覗いてみる暇がありませんでしたので、当直の時間に入り、六時のお茶を注いで回ったあと、私は熱が下がっていればよいがと思

いながら、野口さんを訪ねました。友人たちが五、六人、付添いベッドに腰かけたり、床に座布団を置いて座ったりして七輪の火を囲み、黙って野口さんの方を見ていました。木津さんという人が氷嚢に氷を入れてきたらしく、腕の上に渡した棒に縛り、吊るしていました。見ると、氷嚢は肘から上に二つ乗せ、合わせて五つに増えていました。氷枕も腕の下に一つ増やしていました。

その日の診察で矢嶋先生は、新たに切開はしませんでしたが、肘のところまでぱんぱんに腫れてきたので、腕のつけ根から冷やすように言ったということでした。そして先生は、ガス壊《え》疽《そ》という症状で、戦場で傷ついた兵士などがたまにかかることがある、と言い、明日また診る、と言っていたというのでした。そうしたことを話したあと、チビ佐藤と呼ばれている佐藤多信さんが、改まって私に、

「それじゃけ、あれじゃ、あんたに折入って頼みがあるんじゃ、ぜひ聞いてほしいんじゃ……」

と言い出しました。

「奥さんにいてもらった方がいいだろう」

と木津さんが言い、看護人部屋へ入っていきました。少しの間でも休ませておいた方がいいと、すすめて寝かせておいたのでしょう。木津さんはすぐ出て来、奥さんもそのあとから続いて病室へ入ってきました。そして話はこうでした。

この状態では、今夜も明日の晩も夜通し冷やさなければならないだろう。すでに奥さんは相

当疲れている。病人に慣れていないのと、病室の状況がわからないのでいっそう疲れる。今夜は十二時まで木津さんがいてくれるというが、木津さんは奥さんが弱いので、長く家を空けられない。他に付添い看護を頼める人はいない。それで、作業の看護人を休んで、野口さんの特別看護をやってもらいたい。ぜひお願いしますと、佐藤多信さんがそう言って頭を下げ、奥さん、木津さんなども、お願いしますと頭を下げるのでした。私は、大変なことを頼まれたなと思い、とにかく今は仕事中なので持ち場へ帰らなければならない、よく考えて弟とも相談し、明日返事をしますと言って、その場は帰りました。

消燈時間が来て、当直ベッドの布団にもぐり込んだ私は、どうしたものかなと考えました。作業の看護を休むのは、「義務看護」を出してもらえばよいのですから簡単なことでした。義務看護とは、病棟と不自由者棟で、私のように正式に作業としてやっている看護人を正看護といい、その正看護人が病気その他の理由で一時休むとか、急にやめたため、あとがすぐ見つからない場合などに臨時に出てもらう看護人のことです。作業事務所で、看護ができる病状の人の名簿を作っておき、名簿に従って順番に指名するのでした。

指名された場合、これを拒否することはほとんど不可能でした。理由は前に書いたように、事務は確かに作業事務所でとっており、看護の指名も作業事務所から世話係を通じて伝達されましたが、実権は加島正利が握っており、拒めば加島に呼び出されるからです。そのため、これを義務看護といっていたわけです。

期間は一週間と定められていました。一週間たっても正看護人がつかない場合、別の人が義務看護を替わるわけです。病棟と不自由者棟、全部で看護人は百人を超えていましたから、回転が早いときには「またか」と思うほど回ってきました。ですから、入園して一週間後に義務看護に出されたという人も何人もいました。そしてこの義務看護は、手足が完全な人だけではなく、手指がかなり曲がっていても、体が丈夫な人は名簿に載せられました。

義務看護を出してもらえば休むのは簡単だが、と考えていて、そういえば野口さんは年末大晦日までの一週間、不自由舎へ義務看護に行っていたんだったな、と私は思い出しました。鍋などがあまり汚れているので、庭で荒縄を丸めてたわし代わりにし、それに土をつけて鍋を磨いたということでした。「あそこまでやることないと思うけど……」と奥さんは言っていました。戦場の兵士がかかるとすれば、そのときに人さし指の先の傷から菌が入ったのであろう。とすれば、義務看護の犠牲ではないか。気の毒に、と思いました。

だが、頼まれた特別看護はどうしよう。五日の晩についてみて、大変なことは充分わかった。弟もあの家に一人でいるが、これから何日もとなると心細く、淋しいだろう。それも心配だ。しかし、奥さん一人ではとうてい続かない。他に頼める人がないとすれば、私がここで断われば、二軒だけでこの先暮らしてゆくのに、具合が悪い気持ちが残るのではないか?

私はいろいろ考えたあげく、傷熱だから、熱が下がり、冷やす必要がなくなるまで、そう長い日数はかからないだろう、と思い、引き受ける決心をしました。周囲の状況からそう決心せざるをえなかったと、あとで考えてもそう思うのでしたが、それがその後の私の生活を急変させることになるとは、そのときは思いもしませんでした。

翌朝、当直が明けるとすぐ家に帰り、まだ家にいた弟にそのことを話しました。弟は、俺は大丈夫だと言いました。それで、当直の翌日は休みなので、看護人主任に義務看護を出してもらうよう頼まなければならないし、そのあとそのまま野口さんについてやろうと病棟へ帰っていきました。看護人主任にとりあえず一週間の義務看護を出してもらうよう頼んで、野口さんのところへ行き、「昨夜の話を承諾します。これからつかせてもらいます」と言いました。奥さんは心から喜んでくれ、すでに来ていた佐藤多信夫妻も何度も「よろしくお願いします」と言って頭を下げていました。

間もなく、野口さんを診察に連れてくるようにと看護婦が連絡に来ました。一週間も高熱が続いていて、ろくに物も食べていない野口さんは、気丈にも起き上がって、奥さんにもたれかかるようにして、約三十メートルある外科室まで歩いていきました。

包帯を取り除き、腫れ上がった二の腕の中央あたりをつかんで、矢嶋先生は指に力を入れました。手のひらの切り口から、ぶくぶくと泡立つような感じで膿が流れ出てきました。先生は「ノボカインを用意してくれ」と看護婦に言い、野口さんに「化膿が止まらないから、腕の方を開くからな」と言いました。私はあわてて奥さんを廊下に連れ出し、病室へ帰って待っているように言いました。奥さんは中の様子が気になるようでしたが、よろしくお願いしますと頭を下げて立ち去りました。

中へ戻ってみると、看護婦に野口さんの腕を支えさせ、二十ccの注射器で肘の近くの内側へ注射していました。少し液が入ったところで針を抜き、手首の方へ少しずらしてまた射し、結局手首のそばまで注射し、液は終わりになりました。「メス」と先生は言い、看護婦は注射した部分にヨードチンキを塗っていました。矢嶋先生は、肘の近くから手首の方へ向かってすーっと、メスを引いていきました。

現在なら、これだけの大手術は手術室で点滴しながら、血圧計、心拍モニター等をつけてやるでしょうが、当時のハンセン病療養所は土足で入る外科室で、患者を木の椅子に腰かけさせたまま、医師も看護婦も手洗いもせず、この程度の治療をしたのです。野口さんの腕は肘から手首まで切り開かれ、傷口をクレゾール液か何か、消毒液で洗い流され、そのあとへ滅菌ガーゼを何枚も詰め込まれました。野口さんは、うーん、うーんと呻《うめ》き声を出していましたが、時々「痛い！」と悲痛な声を上げました。

　包帯を肘から指先まで巻き終わり、治療は終わりましたが、野口さんは立ち上がることはできませんでした。「ストレッチャーに乗せていこう」と看護婦は言い、鍵の束を持って走っていきました。手術患者を運ぶためにストレッチャーが一台だけあり、手術室に入れておくのでした。看護人たちにも手伝ってもらってベッドへ移しましたが、野口さんはぐったりして、口もきけないような状態になっていました。

　私たちはともかく大急ぎで、傷を冷やす作業を始めました。抗生物質剤のないこの時代には、傷熱は冷やす以外に方法はなかったのです。化膿止めという二十ccの静脈注射を日に二本ずつやってくれてはいましたが、まったく効果はありませんでした。

　何という薬を注射していたかはわかりませんが、世間にはもう少し効く薬があったのではないかと思います。しかし、たとえあったとしても、そうした薬は皆戦地へ送られていたでしょうし、それにそのころ製薬会社では、戦地へ送る乾燥固形味噌やしょうゆを作らされていたのですから、良い薬など本当になかったのかもしれません。我々としては、最も原始的な、ただひたすら冷やすことしかできなかったのです。若杉さんの松葉杖作り、義足作りのところでもふれましたように、傷を悪くし、義足になる人が多かったのはそのためです。

　夕ご飯のころになると、野口さんの顔にやや生気が戻ってきました。少しでも食べなければと、三分粥ぐらいに薄めた粥に梅干しを添え、奥さんにスプーンで口に入れてもらって食べました。いくぶん熱が下がったのではないかと思われました。佐藤多信夫妻、木津さん、長谷川さん夫妻などが夕食後集まってきましたが、今夜は病人も奥さんも休ませてあげましょう、あとは私がやりますからと言って、帰ってもらいました。

一通り用事が済んだところで、昨夜も一睡もしなかったであろう奥さんにも、看護人部屋でゆっくり休んで下さいと寝てもらい、そのあとは一人でやりましたが、予想以上に大変でした。五日の晩より氷枕が一つ、氷嚢が二つ増えただけでしたが、寒さも加わって、増えただけとはいえない状態になっていました。

病人は、七時の異常回りのとき、強い痛み止めの注射を受けたらしく、そう痛がらず、うつらうつらしているようでしたが、氷枕二つ、氷嚢五つで上下から腕を冷やすだけで大変なことでした。熱が高いのでたちまち中へ入れた雪が溶けてしまう。それを病室の廊下で、外からバケツに雪を入れてきて、それに水を入れて移植ゴテで氷枕、氷嚢に入れるのです。七つに入れるためには十五分に一回くらい入れなければなりませんでした。

昭和二十四年に暖冬異変があり、それ以後草津も暖かくなりましたが、当時は大変寒く、最低気温はマイナス十七度以下にもなりました。雪に水をかけ、シャーベット状にしておいても、十五分後に氷嚢に入れようとするとバケツの周囲から氷になり、真ん中の氷になっていないところをつつき崩してやっと氷嚢いっぱいになる状態でした。

それも当然で、病棟の廊下はガラス戸一枚で外と仕切られているだけですから、少し吹雪くと廊下一面に雪が吹き込み、スリッパでは歩けないほどでした。やっと氷嚢に氷を入れて戻っても、暖をとるには、本人が持ち込んでベッドのそばに置いた七輪の炭火に手をかざすだけでした。急に暖めれば、冷えきった、かじかんだ手は痛くなり、手が暖まらないうちにまた氷を入れに行かなければならないのでした。病室には十八人の大部屋の中央に石炭ストーブが一台ありましたが、それだけでは部屋は暖まらず、窓側の人の布団の上にはいつも雪が積もっていました。

それもそのはずでした。病室も、ガラス窓一枚で外と仕切られているだけだったのです。ガラス窓といっても、現在のアルミサッシは風を通しませんが、当時は木製の窓枠に六枚～八枚のガラスを入れた窓ですから、ガラスと枠の隙間から風は入り、雪も入るのです。それに、第三、第四病棟は五年前、昭和十四年に一度に建てたのですが、半生《はんなま》のような木を使って建てたらしく、窓枠が反《そ》ったり、柱が歪んだりしていて、ぴったり閉まる窓も戸も、一つもありませんでした。上にも下にも隙間ができていて、吹雪になるとそういうところからどんどん雪が吹き込んでくるわけです。

その夜は吹雪ではありませんでしたが、凍《し》みは強く、二時過ぎになると身体そのものがしんしんと冷えてゆく感じになってきました。これはもう一枚何か着ないとだめかな？――と思っていると、奥さんが起きてきました。さっそく交替し、私は寝ました。

翌日、病室の昼食の配膳が始まる十一時過ぎになって、外科治療の機材を載せた車を看護婦に押させて、矢嶋先生は野口さんの治療に来ました。私はベッドの反対側で見ていました。腕の腫れは少しもひかず太いままなので、切り開いた傷はいっそう大きく見えました。傷口は全体として褐色をしていましたが、底の方がすーっと黒い感じになっていました。先生は腕の下に手のひらを入れて、握ってみていました。それほど膿は出ませんでした。前日と同じような処置をし、「このまま様子を見よう」と言って、先生は帰りました。

昼食後再び、私は看護人部屋で休ませてもらい、夕方起きて行くと、見舞いに来ている人や奥さんが口ぐちに、「飲まなければ、体が弱る一方だから」「治る傷も治らない」などと病人に言っていました。どうしたのかと訊くと、お粥と梅干しだけでは栄養がとれないから野菜スープを作ったのだが、飲まないので、飲むように皆ですすめていたということでした。

私はどんな味がするのか飲んでみました。いろいろな野菜を入れてとったスープで塩かげんもちょうどよく、美味しいスープでした。このスープを飲まないとすれば、しょっぱすぎるのだろうと私は思いました。それで、私が塩味をつけるから、もう一度作り直してくれるよう奥さんに頼みました。動いている私たちにちょうどよい塩かげんなら、一週間も高熱で寝たままの病人には塩辛いはずです。私は、できたスープにほんの少し塩を入れて、冷めるのを待って飲んでもらいました。今度はおいしいと言って吸呑一杯全部飲みました。

このことがあってから、野口さん自身が私を頼るようになり、私はいっそう病人のそばを離れられないことになりました。実際、奥さんは健康で、それまで病人にまったく縁がなかったので、突然の夫の重症に何をどうすればよいかわからず、気ばかりが焦っていたと思います。野口さんにしてみれば何もかも思うようにならず、いらいらしていることが多かったのではないでしょうか。奥さんに頼んでいたことまで、私に頼むようになったのです。

翌九日、矢嶋先生は、前日と同じような時間に診察に来ました。傷口はあまり変わってはいませんでしたが、ただ、肘の上が少し腫れているように見えました。先生はそこを握って、傷口の方を絞るようにしましたが、膿は出てきませんでした。処置が終わったあと、先生は、

「野口さん、どうしても化膿が止まらないので、腕を落とさなければならないが、いいかな?」

と言いました。野口さんは少し間をおいて、

「お願いします」

と、小さいがはっきりした声で言いました。

「じゃあ、午後手術しよう。早い方がいい」

と先生は言いました。何ともいえない悲痛な

空気が、その場を覆いました。

こうして右腕を失った野口さんは、午後三時少し前に病室へ帰ってきました。まだ麻酔医の制度はなく、おそらく全身麻酔でやったでしょうが、すべて矢嶋先生が一人でやったのです。残った腕の部分を、今まで通り氷で冷やすように指示されましたが、氷枕一つ、氷嚢二つで足りる長さになりました。全身麻酔はすぐ醒めるはずなのに、野口さんは眠っていましたから、モルヒネか何かを注射したのでしょう。

翌朝、熱は三十八度前後まで下がりました。三十九度以上の熱が続いていたのですから、大いに下がったわけです。このまま徐々に熱が下がり、よくなるのだろう、と思われました。しかし本人の野口さんは、腕を失った悲哀もあったでしょうし、ここへ来るまでの苦痛と不安で疲れもあったのでしょう、沈みきった暗い顔をして、あまり口をきこうとしませんでした。それでも粥やスープなど、それまでよりたくさん食べました。ミカンとかリンゴなども食べました。

病人がそういう状態になったので、七日以来一度も風呂にも入らず着替えもしていなかった私は、午後いったん家に帰ることにしました。久しぶりに表へ出たような感じで、一面の銀世界を照らす陽光がとても眩しく感じられました。会う人、会う人「野口さん、大変だそうだなあ。だけどあまり無理するなよ、無理すると病気が騒ぐ（悪化する）ぞ」と言ってくれました。特に藤原教室の同窓生は心配してくれました。家に帰って弟の様子を見ると、何とか食べている、おかずがないときは、塩をかけながら腹いっぱい食べているということなので、少し安心しました。

野口さんの小康状態はその日とその翌日だけで、三日目の朝からまた熱が三十九度を超えました。矢嶋先生が治療に来て包帯を取ったのを見ると、肘から上だけになった腕が腫れて太くなっていました。先生はその腕を強く握りました。すると腕の外側の端から膿が出てきました。先生はそこの糸を一本切り、さらに膿を絞り出しました。膿はどんどん出てくるほどの量ではありませんでしたが、腕を切断してもなお化膿が止まらないということは、重大なことだと私は思いました。先生は終始無言で、糸を一本抜いたところから滅菌ガーゼを詰める処置をして、「お大事に」と言って帰っていきました。

翌日の治療のときは、前日より膿が多く出るようになっていました。「糸を抜こう……」と先生は言い、看護婦からハサミとピンセットを受け取って、パチッ、パチッと縫合した糸を切ってゆきました。切るたびに傷口は大きくなり、全部糸を抜き終わると、太く腫れた腕と同じ大きさの傷口になりました。癒着した部分はまったくないのです。大きく開いた傷の真ん中に、白く丸い骨の切り口が見えていました。

この日から、本人の野口さんはもちろん、奥さんをはじめ私たちついている者にとっても、本当の死闘が始まったのでした。

その日の夕方から野口さんは、切った腕の肩から背中が痛いと言い出しました。そして、少し体を動かしても「痛いっ」と言うのでした。のどの渇きもひどくなり、しきりに水を欲しがります。私は、ただの水よりリンゴやミカンを絞って飲ませる方が少しでも栄養になると考え、奥さんに作ってもらって、吸呑に入れて床《しょう》頭台《とうだい》の上に並べておき、「水」と言うたびにどれかを飲ませるようにしました。

吸呑で水を飲ませるにも、奥さんがやるとむせるのでした。むせると猛烈に痛むらしく、奥さんが吸呑を差し出しても飲まないようになりました。吸呑で飲ませるには、病人自身がごくんとのどの奥に飲み込む適量を口の中へ吸い取り、飲み込む間、吸呑の水が口の中へ入らないようにしてやっている、という、ちょっとしたコツがあるのです。重症患者に接したことのない奥さんはそのコツがのみこめず、むせさせてしまうのでした。それで、これも私の仕事になりました。

翌日、治療に来た矢嶋先生は、痛いという野口さんの背中に手を差し入れて、そこを押しました。すると、腕の傷口から膿が流れ出してきました。先生は深刻な顔をして、何度も背中を押して膿を出し、深刻な顔のまま帰っていきました。

野口さんの容態は、こうして時々刻々悪くなってゆきました。下《しも》の世話こそしませんでしたが、看護婦への連絡から何もかも、病人に直接関わることは、私がしなければなりませんでしたので、私はそれ以後一日に合計二時間ぐらいしか睡眠がとれず、頭がぼぉーっとして、床の上をふわふわと歩いているような感じになりました。

一月十九日の夜、私はどうしても起きていられなくなって、八時近くに看護人部屋へ入って寝ました。木津さん、佐藤さんなどが、まだ帰らずにいました。ぐっすり寝込んだところで、

「二郎さん起きてぇ」

という奥さんの悲鳴のような金切声に起こされました。ただごとではないと感じ、はね起きてベッドのそばへかけよりました。見ると、腕の包帯の先が真っ赤に染まり、タッタッタッと血がしたたり落ちています。落ちてゆく床には新聞紙が置いてありましたが、そこも真っ赤になっていました。

私は弾き返されたように看護人部屋に引き返し、入口に取りつけてある電話器を回しました。箱型の電話器で、箱の真ん中にラッパのような送話器がつき、左側に受話器がかかっているのでした。ベルを鳴らすハンドルをぐるぐる回し、受話器を取ると、すぐ看護婦が出ました。野口さんの出血の状態を伝えると、すぐ行きます、と看護婦は言いました。

再び病室へ戻ると、血はタッタッタッではなく、じょーっという感じで流れ出していました。それを、床に敷いた新聞紙を入れた洗面器で受けていました。血は早くもその洗面器の半分近くまで溜まっていて、なお上から紐状になってどんどん落ちていました。

紐状が切れ、再び滴になったころ、看護婦は、

両手に機材を持って入ってきました。そして、出血している上からガーゼを厚くかぶせ、強く包帯を巻きました。それが終わると、用意してきた静脈注射や皮下注射を打って、大急ぎで帰っていきました。止血剤とか強心剤だったのでしょう。

看護婦が帰ると間もなく、野口さんの呼吸が早くなりました。呼吸はだんだん早くなり、苦しそうになってゆきます。看護婦はまだ本館に着いていないかもしれないと思いながらも、そのまま見ていられないので、私はまた電話しました。看護婦はすでに到着していて「行きます」と言ってくれました。野口さんの呼吸は荒くなり、肩や胸、上半身全体をゆるがせて息をしていました。やがてそれがおさまり、下顎《かがく》呼吸を始めました。皆ベッドの周りへ寄り、

「野口さん、野口さん！」

と口ぐちに大声で呼びました。野口さんは見開いた眼をゆっくりと宙にさまよわせましたが、それもまったく動かなくなり、下愕呼吸も止まりました。同時にさっと顔の色が変わりました。

看護婦は歩いている途中かな、と思いましたが、私は電話してみました。すると看護婦はすぐ電話に出ました。彼女は出かけなかったのです。野口さんが息を引き取ったことを告げると、彼女は「わかりました」と言いました。病室へ戻ってみると、看護人が箸の先に脱脂綿を巻きつけ、ご飯茶碗に水を入れて持ってきて、これで唇を濡らしてやるようにと言っていました。

かわるがわる、今や血の気を失った野口さんの口を、その綿で濡らしてやりました。奥さんはベッドに顔を伏せて嗚咽《おえつ》していました。

しばらくたってから、首に聴診器をかけ、右手に懐中電灯を持って、年をとった内科の先生が看護婦とともに入ってきました。先生は懐中電灯を両眼に当てて見、聴診器を胸に当てていました。そして、奥さんにむかって「ご愁傷さま」と言って帰ってゆきました。前にも書きましたが、医師は日曜祭日、夜間は決して患者を診に来ませんでしたけれども、死ぬと必ずこうして下りてきたのです。自分で確認しなければ、死亡診断書が書けなかったからでしょう。

こうして、野口さんは医師にも、看護婦にも看取られず、死んでゆきましたが、奥さんや友人に見守られて死んだだけまだいい方でした。看護人だけに見守られて死ぬ人も多くいたのですから。

死後の処置をするために残っていた看護婦に、私は「わざと来なかったのだろう?」と、小さい声で言いました。看護婦は、「だって、気の毒で見ていられなかったんだもの」とやはり小さい声で答えました。

翌日の午後、矢嶋先生が解剖するというので、遺体は納棺せず、午前中に担架で解剖室に運んでいきました。当時、入園手続きをする際に解剖承諾書に印を押させられていましたし、解剖するといえば否も応もなく、それに従わざるをえなかったのです。解剖は医師が当番制のように順番にほとんどの患者を解剖していましたが、この患者は私がすると言えば、その先生が解剖することになったのです。

矢嶋先生としては、おそらくガス壊疽の患者を治療したのは初めてではなかったでしょうか。それだけに、あんな小さな傷から死に至らせたことが、外科医として残念だったに違いありません。その証拠に、野口さんが亡くなってから一ヵ月ほどたって、同じようなガス壊疽の患者が出ましたが、その人はすぐ肘上で腕を切断し、命は助かっております。

家族の人は、熊本から来るのは大変だというので、東京で勤めているという野口さんの従弟《いとこ》という人が、その日の夕方来ました。当時、古見園長でも礼服に国民服を着ている時代でしたが、その人は立派な黒の礼服に黒のネクタイをきちんと締めた、四十歳ぐらいの人でした。官庁か銀行か、そういうところに勤める、地位も低くない人のようでした。その人を加えて通夜をし、翌日、例の火葬場で骨にして、大急ぎで家財道具を処分し、奥さんはその人と一緒に園を去っていきました。哀れでした。

私と弟は、野口さんたちがそうしたように、さっそく許可を取って野口さんのあとへ移りました。日当たりがよく、風当たりが弱く、玄関が使えて、西側の部屋とは大違いでした。同じ百円では、西側の部屋は高すぎると思いました。看護料としてお金はもらわなかったような気がしますが、その代わり茶箪笥《ちゃだんす》と、四斗樽いっぱいの沢庵漬と、白菜の漬物一樽をもらいました。これらはいずれも私たちには大助かりでした。

茶箪笥の中には、中皿が五枚と湯呑なども入っていました。これは奥さんの心づくしでした。

このあと、私は二ヵ月もたたないうちに病気が騒ぎはじめ、二年半ほどで死との対決の生活になりました。それがすべて、この特別看護のためだったとは申しません。大風子油治療の反応による「熱瘤」で高熱を出したあと、大風子油注射を打ったり打たなかったり、ついにはまったく打たなかったのが根本原因だったでしょう。というのは、大風子油注射を熱心に続けた人は、皆病気を悪くしていないからです。しかし、この特別看護が病状悪化の引き金になったことは間違いありません。あとになって考えれば、熱瘤が治ったあと、大風子油を打ち続けなかったのは取り返しのつかない失敗で、かえすがえすも残念ですが、医局側からまったく指導も勧奨もなかったことも大風子油治療を続けなかった要因でもあると思うので、その点、無念に耐えません。

十一　病状の進行

野口さんが亡くなったので、私はもとの看護人に戻りました。ところが二月末に突然、両手の手首から先が、いっぺんに知覚麻痺を起こしてしまいました。皮膚の上に薄いロール紙でもべったり貼りつけたような感じで気持ちが悪く、初めは何だろうと擦《こす》り落とそうと思いましたが、落ちません。もしやと思い、水に手を入れてみると冷たさを感じません。はっきりと知覚麻痺と自覚せざるをえませんでした。

野口さんの看護中、友人たちに「あまり無理するなよ。あとでたたるぞ」と言われましたし、自分でもあまりの寒さに、これはよくないな、と思ってはいたのですが、これほど早く、しかも両手のひらが一度に麻痺するとはまったく思いもしませんでした。麻痺したところは汗が出なくなります。汗が出ないと、それまでと同じ感覚で物を持つと、滑って落ちてしまいます。それだけでも看護人は無理だな、と思っていましたが、間もなく右手の人さし指の甲に火傷をし、水泡ができました。それで、私はすぐ看護人をやめました。

ちょうどというか、幸いというか、四月一日から始まる農園部の作業員を募集していましたので、私はそこへ出ることにしました。農園というのは、私たちの家の少し手前が三叉路になっていて、右へ下りると農園に行く道で、外島保養院の委託患者が作ったという、自動車でも

料金受取人払

杉並局承認

446

（切手不要）
差出有効期限
2004年3月31日

郵便はがき

166-8790

（受取人）
東京都杉並区阿佐谷南1-14-5
栄ビル

皓星社 行

TEL 03（5306）2088／FAX 03（5306）4125
http://www.libro-koseisha.co.jp
Email/info@libro-koseisha.co.jp

フリガナ
お名前　ご職業　（男／女）
（　　歳）

ご住所　（〒　　－　　）

TEL　FAX

Eメールアドレス

皓星社◎注文申込書

このハガキは小社刊行物のご注文にご利用いただけます。ご指定の書店にご持参下さい。
または小社にご返送下されば、宅配便にて直接送本いたします（送料380～）。

書名	定価（本体価格）	申込部数

ご指定書店名　取次・番線（書店でご記入願います）

市町
村区

読者カード

ご購読ありがとうございます。今後の出版企画の参考に致したく存じますので、是非ご意見をお貸せください。アンケートにご返答下さいました方には、小社の出版図書目録を進呈させていただきます。

お読みくださった本の書名

お買い上げ日・書店　　書店名

市町
年　月　日　村区

本書をお求めになったきっかけはなんですか？

・書店で見て　・図書館で見て　・皓星社のホームページを見て
・広告を見て（新聞・雑誌名　　　）
・書評・紹介記事を見て（新聞・雑誌名　　　）
・人にすすめられて（・友人　・先生　・書店員）
・その他

本書以外で小社の書籍をご購読いただいたことが

・ある（書名　　　）・ない

普段よくご購入になる本のジャンル

・人文　社会　・歴史　・文芸　・その他（　　　）

普段よくご購入になる本の価格帯

・1000円以下　・1100〜2000円　・2100〜3000円　・3100〜4000円
・4100〜5000円　・5100〜6000円　・6000円以上

ご購読新聞名（　　　）
定期ご購読雑誌名（　　　）

通信欄　・本書に関するご感想（内容・価格・装丁などについて）
・小社へのご希望、その他

ご協力ありがとうございました。

通れる広い立派な道を約五百メートルほど行ったところにあり、二ヘクタールほどの畑に、大根、白菜、かぼちゃ、じゃがいもなどを作っていました。もともとそこには農家が一軒あって、その畑の作物で生計を立てていたのです。そのため作物はよくできました。収穫した作物は給食に納め、私たち作業員は看護人と同じ、一日十銭の作業賃で働くのでした。

隣室、つまり野口さんが亡くなる前に私たちがいた部屋に、加藤常吉という私より一つ年下の男が入りましたので、その加藤さんを誘って、二人で毎日その広い坂道を通って農園へ行っていました。

戦争は敗色一色になり、南方の島々にはつぎつぎ米軍が上陸し、玉砕が報じられるようになっていました。「特別病室」では何人かの人が、飢えと孤独と、死の恐怖にさらされていました。そして、私たち自身も空腹は満たされず、決して愉快な気持ちにはなれないはずでした。しかし、五月半ばになると、木々の芽がいっせいに芽吹き、美しい黄緑色になって、白根山からの冷たい風が浅間山の方から吹く南風に変わると、二百五十メートルはあるまっすぐな坂道を下りていくのは、実に爽快な気分でした。手が麻痺して看護ができなくなったことも忘れて、室内で苦しんでいる病人を相手にしているよりよほど気持ちがいい、などと思っていました。

ところが、八月中ごろ、右脚の脛《すね》の真ん中が痛いので、見るとそこにポツンと赤いでき物ができていて、先端が破れて傷になっているのです。脛に麻痺はまったくありませんでしたので、その傷がズボンに擦れて、痛いこと痛いこと。しばらくして先端の傷はふさがり、痛くなくなりましたが、でき物は治らず、かえって大きくなっているようでした。

それもそのはずで、これが私にできた「結節」の第一号だったのです。この結節こそ、ハンセン病者を世間の人から忌み嫌わせ、恐がらせる容貌にし、本人を悲惨に陥れる典型的、象徴的な症状なのです。けれども私はそのとき、それが結節とは思いもしませんでした。なぜなら結節はできてすぐに破れはしませんし、たとえ破れても痛くはないはずだからです。それに私の身体には、両手のひらだけでなく、前に麻痺した部分が何ヵ所かありました。そうしたところにではなく、まったく麻痺のない脛に出たからです。

農園は十月いっぱいで終わりでした。七月末にじゃがいもの収穫をし、そのあとへすぐ大根、白菜をまき、八月末にかぼちゃの収穫、十月初めに白菜の収穫、十月半ばに大根の収穫、そのあと後始末をして終わりでしたが、じゃがいもを除き、その他の作物はその年もよくできました。いくらよくできても、私たち作業員は収穫時にかぼちゃ一個、白菜一玉、大根一本ぐらいをもらってくるだけでした。多く持ち帰れば、たちまち在園者の非難の的になったからです。

農園が終わり、作業賃が入らなくなったので、私は住んでいる区域の食搬（食事運び）をすることにしました。もともと弟がやっていたのですが、そこより百五十メートルほど炊事場に近い区域に食搬がいなくて困っていたので、弟がそちらへ変わり、私が弟のあとをやることにしたのです。

天びん棒の両端に麻縄を結び、縄の先に船の碇《いかり》のような鈎をぶら下げ、その鈎に飯器を吊るして、炊事場から担いでくるわけです。ご飯の飯器三つ、汁飯器一つを、天びんの両側に吊るして担ぐのですが、雨の日や吹雪の日は大変でした。特に雨の吹き降りの日は、傘を片手でさすのは容易でなく、現在のようにビニール合羽のような便利なものはなく、ゴムの雨合羽を持っている人もいましたが、私たちは持っていませんでしたから、ずぶ濡れになることもありました。

私たちのいる千葉寮から炊事場までは約六百メートルで途中急坂が三つあり、急坂でないところも平均して上りでしたから、ご飯が入っている飯器を担いでくるときは比較的楽でしたが、雪道は下りの方が滑りやすく、十四歳の弟にとっては大変な苦労だったと思います。百五十メートルほど近い区域になったとはいえ、三つの急坂を上り下りするのは一緒でしたから、弟の苦労はなお続いたわけです。

そんな苦労をして運んできても、飯器の中身は麦とヒジキが半々ぐらいの真っ黒なご飯であったり、凍大根を乾燥させたものを水で戻して炊き込んだものであったり、およそご飯とはいえないものが入っているのでした。おかずは朝、味噌汁とは名ばかりの塩汁に近い汁に、白菜、大根などが入った汁が出ましたが、昼、夕は白菜の漬物、沢庵漬などで、おかずらしいものは出ませんでした。

そして、主食代替だといってさつまいも、じゃがいも、生のさつまいもを細く四角に切って干したものなどが配給になりました。そうしたものを取りに行き、分配するのも食搬の仕事でした。日に三度ご飯を運び空飯器を返しに行き、不定期の代替品を取りに行き、それで作業賃は一日八銭です。看護より、農園より割が悪いと思いました。

給食自体がそんな状況でしたから、嫌でも自分で煮たり焼いたりしなければ食べられません。炭背負い、薪上げ奉仕は当然患者の仕事のようになってしまって続けさせられていましたが、煮炊きする現品を配給しても、その分炭を増すわけではなく、小さな炉に炭火を絶やさない程度の配給しかないのですから、七輪の炭火で煮炊きをすれば、炭はたちまち不足します。そのため患者たちは、自分の部屋の前廊下の上り口の横の軒下に、煮炊き用のかまどを作っていました。それで、私も作ることにしました。

まず木の台を作り、上に板を張る。その板の上に赤土を練って乗せ、その上にトタン板を乗せる。穴の開いた朝顔バケツの底を全部切り取り、うつ伏せにして、下に火の焚口を四角に開ける。バケツの周りに壁土をこんもりと盛りつけて出来上がりです。廊下のガラス戸のすぐそばで、この焚口から火をぼんぼん燃やすわけですから、ずいぶん危険な話でした。しかしこのかまどからは、誰一人ぼやも出しませんでした。

このかまどができてから、母が持ってきてくれた土釜と、つるのついた鉄鍋が大いに役立ち、助かりました。かまどで焚く焚木は、その年初めて、千葉寮の先の私が初めて開墾した短い笹の生えている反対側、園に近い方の傾斜地の林の木を、個人の焚木用に伐ってよいという許可が出て、皆競って伐りに行っていましたから、私も行って直径三十センチぐらいある大きな楢《なら》の木を伐り倒し、枝まで全部運んで、太い幹は焚きやすい大きさに割って、窓の軒下に積んでおきました。その木一本でその冬は足りたような気がします。

困ったのはマッチが手に入らなくなったことでした。部屋の炉の火をぷーぷー吹いて新聞に火をつけたり、前の寮で火を焚いていればもらいに行ったり、という状態でした。

戦争は、もはや破局的状況になっていました。それまでに南方の小さな島々で日本軍の玉砕が相次ぎ、敗戦一色になっていましたが、その年（昭和十九年）の三月末、米軍の機動隊がパラオ島に来襲、いち早く逃げ出した太平洋連合艦隊司令長官の古賀峯一大将が行方不明となり、後に戦死と発表されました。このパラオ島が、私の兄と重大な関わりを持つことになるなどと、私は思ってもみませんでした。

兄は昭和十四年に私に面会に来たあと出征し、ずっと満州（中国東北部）のチチハルにいましたが、その年の五月、家から、兄がチチハルから転戦するという連絡がありました。どこへ行くとも書いてないが、どうも南方の方へ連れていかれたらしい、という手紙をもらったのです。その後兄からの連絡はまったくないということで、南方の島々がつぎつぎ玉砕しても、兄との関係を考えたことはありませんでした。

資料を見ると、六月十五日サイパン島三万人玉砕。六月十九日マリアナ沖海戦、連合艦隊の艦船、飛行機のほとんど壊滅。七月四日、一月に始めたインパール作戦敗北、停止命令、戦死者三万、傷病四万五千。七月十八日、東条内閣総辞職。七月二十二日、小磯国昭内閣発足となっております。

本来なら、東条内閣がやめ、小磯内閣が発足して間もなく戦争をやめ、日本は降伏すべきでした。大方の国民は、そうするために内閣を変えたと思ったと思います。何も知らない私でさえそう思ったのですから……。どう見ても日本に勝ち目はなく、もはや戦争を続けられる状態ではなかったのです。この時期に「カイロ宣言」を受け入れて降伏していれば、東京の大空襲はなかったし、沖縄の地上戦と占領も、もちろん広島、長崎の原爆もなかったのです。

だが、この時期、日本の指導者は普通ではありませんでした。一般常識で現実を直視してものを考えるのではなく、常識とはけたはずれな考え方をする人たちで、小磯内閣発足早々に「最高戦争指導会議」なるものを設置し、戦争をやめるどころか、徹底して戦う方策をつぎつぎに打ち出してきたのです。八月四日に「一億国民総武装」を閣議決定。同日、空襲に備えて学童疎開第一陣の出発。八月十五日総動員警備要綱決定。十月十六日陸軍特別志願兵令改定公布（十七歳未満の者の志願を許可）という状態でした。その間にも、南方の島々で一万、二万と玉砕が続いていていたのです。

志願兵の年齢引き下げといえば、その前年（昭和十八年）の十一月に兵役の年齢が一年引き下げられ、その年、二十歳の者と十九歳の者が同時に兵隊検査を受けることになりました。私はその年二十歳でしたから正常でしたが、私より一つ年下で、藤原教室の同窓生の笹木英男君も、草津町の小学校へ検査に行くことになりました。園内には該当者が大勢いましたが、草津町に本籍があったのは私と笹木君だけでしたので、他の人たちは本籍地へ帰って受けたり、書類を送ったりしたようです。

笹木君と二人で分館の職員に連れられて学校の庭まで行くと、職員は私たちを庭の東側の端まで連れていき、ここで待っていてくれ、と言って一人で学校の正面玄関から中へ入っていきました。暑い日でしたから、七月ごろだったと思います。ベンチも何もないところなので、二人はそこに立っていました。校庭の西側では、検査に来た人たちかどうかわかりませんでしたが、数名が小銃の先に剣をつけて、「ヤッ」と声をかけて突く訓練をしていました。

しばらくすると職員は帰ってきて、「済んだから帰ろう」と言って校門の方へ歩き出しました。私たちはあっけにとられて返事もできませんでしたが、職員はどんどん歩いていくので、私たちもあとを追って帰ってきました。おそらく検査官が窓越しに私たちを見たのでしょう。笹木君も私も、遠くから見たぐらいで病気とわかるほどの顔はしていませんでしたが、そんなことはどうでもよく、二人が栗生楽泉園の入所患者であることを確認しさえすればよかったのだと思います。二ヵ月ほどたってから、宇都宮第十四師団長名で兵役免除の証書が届きました。

十二　壮丁祝賀会

この兵隊検査組の中に、健常者と変わりがない者が三人いました。三人はそれぞれ東北、栃木、九州の故郷へ行って検査を受け、甲種合格となり、翌年の春入営することになっていました。そのためもあってか、この三人が音頭を取って壮丁祝賀会をやるので、仲間に入るようにという連絡をしてきました。希望を取ったのですから、少しは会費を集めたと思うのですが、覚えていないほどですから、ほんの少額だったと思います。

九州の男が姉さんと二人で独立家屋に住んでいて、そこでやるというので、当日隣室の加藤さんと二人で行ってみると、奥の六畳間に戸板をテーブル代わりにした宴席が作られており、その上につきたてのあんころ餅やきな粉餅が、たらふく食べられるほどではないにしても皿に盛ってありました。それだけでなく、野菜の煮物や漬物、煮豆などが並べられていました。そして清酒がどんと置いてあったのです。肉、魚こそありませんでしたが、その時期としては豪勢な品々で、私は度胆をぬかれる思いでした。

膝が重なり合うほどでしたから、六畳間とはいえ二十人近く集まったと思います。よくこれだけのもち米を手に入れたものだ。それに清酒まで、と、ただただ驚嘆するばかりでした。東北の男が家から持ってきたのだろうかとも思いましたが、当時すでに買い出しの取締りは厳しく、列車の切符販売を制限したくらいですから、東北からも栃木からも持ってくるのは至難の技でした。清酒に至っては、今は作られていないと思っていたほどでした。それを調達した三人の力量を、私は尊敬の念をもって見ました。

同時に、三人の健康と迫力に圧倒され、劣等感も抱きました。私はそのときはまだ、脛《すね》以外に結節は出ていませんでしたが、身体が変にぞくぞく寒かったり、だるかったりして、発病当時のような不快感にずっと襲われ続けており、病気の進行をはっきりと感じていましたから、いっそう強くそう感じたのかもしれません。

この祝賀会のあと間もなく三人は退園し、翌年故郷からそれぞれ所属する隊へ入営していきました。私は本当に複雑な気持ちでした。今から戦争に行けば、八十％ぐらいの確率で死ぬことは明らかだ。楽泉園の医師に病気であるという診断書を書いてもらえば、兵役免除になる。それをあえてそうせずに、死ぬ確率の高い兵隊を選んだということは、戦死すれば永遠にハンセン病ではなかったことになるからだ。彼らはハンセン病者として生き永らえるより、ハンセン病者ではなく死ぬことを選んだのだろう。だが、私には、その選択肢はありませんでした。そして、ハンセン病者として生き永らえるにしても、再び病気の進行が始まっていることは確かでしたから、そう永く生きられないことを予見せざるをえない状態だったのです。

もう一つ、この宴会について、私は複雑な気持ちにさせられることになりました。それはずっとずっとあとになってから、あのときのもち米は、三人が加島に交渉して出してもらったものだ、と聞かされたからです。「特別病室」へ入れるも出すも彼の胸三寸にあるという、いわば全在園者の生殺与奪権を握っていた、患者にとっては絶大な権力者、加島から出してもらったということはとりもなおさず、患者の給食のピンハネをし、炊事から出してもらったということにほかなりません。それにしても、あの加島がよく出したものだと思うのですが、そこが私を複雑な気持ちにさせた点です。

当時、三人の中の東北の男が青年団の団長をしており、栃木の男が副団長をしていました。そして、この青年団に対して加島は、連日特別重労働の奉仕作業を命じていたのです。その褒賞というつもりもあって出してくれたとも考えられますが、しかし、それならば青年団全員を対象に出さなければなりません。第一、奉仕作業に対して、かぼちゃやさつまいもを出してくれたことはありますが、握り飯さえ出してくれたことはなかったのです。

にもかかわらず、もち米その他を出した最大の理由は、三人が兵隊に行くということにあったのでしょう。それだけなら三人だけに出せばよいわけですが、それは団長の方が承知しなかったのでしょう。東北出身のこの団長は師範学校を出ていて、頭もよく、弁も立つ、おまけに体が大きく相撲も強いという男で、対等平等の立場なら加島の歯の立つ相手ではありませんでした。それで、その年の徴兵検査を受けた者全員を対象にもち米を出すことになったものと思われます。

それにしても、東京で雑炊食堂に行列ができ、一般社会人も天井雑炊（汁ばかりで天井がそっくり映る雑炊）やさつまいものつるまで食べており、園内の給食はそれ以下というときに、加島がもち米を出した理由は別にもう一つあったと思います。そのころすでに、加島や霜崎事務官等が中心になり、患者給食用の米その他の食糧を横領着服し、支給品の数々の横流しもしていたのです。五日会の連中は、米でもうどん粉でも炊事からもらってきているという噂がしきりに流されておりました。これも、加島が米を出した一つの理由だったと思います。

そして、私が釈然としないものを覚えた理由はもう一つあります。そのときはただ漠然と感じただけですが、今になって考えれば「癩予防法」の矛盾とわかります。つまり、顔が紅い、火傷の痕があるというだけで強制収容し、いったん収容したら親の死亡でもなければ帰省許可も出さず、無断外泊しただけで「特別病室」へ入れたのに、兵隊に行くということなら簡単に退園させ、療養所にいたことさえ秘密にしたということです。厚生省との打ち合わせの上でそうしていたのか、園当局の独自の判断でそうしていたのかわかりませんが、この三人以前にも兵隊に行くために退園していった人が何人かいたのです。小磯内閣になっても一向に戦争をやめようとしないばかりか、小学校高等科の学生まで軍籍に入れてよい、という公布を出したほどですから、病気とわからない者は兵隊に生かせてよい、という通知が厚生省から出ていたのかもしれません。いずれにしても、強制収容と所内生活の厳しさに比べ、釈然としないものを感じたのです。

脇道にそれてしまいましたが、この壮丁祝賀会のあと、楽泉園はすぐ雪に覆われてしまいました。そうなると外仕事はできません。作業のご飯取りと炭背負いに行き、青年団の奉仕作業に行くぐらいの生活になりました。

このころになると、炭背いにも一俵三銭の背負い賃を出すようになっていました。そのため、強い人は一回に二俵、三俵と背負うようになり、最高六俵を背負い上げる人もいました。はしごを短くしたような大きなしょいこを作り、俵を二重につけて背負うので、しょいこの樫棒《かしぼう》の下を長くしておいて、道端の少し高いところへその棒をつけて、立ったまま休んでいました。そういう人が何人もいて、炭背負いの専門職のようにしていましたが、それでも割当てがあったのです。私はその割当て分しか背負いに行きませんでしたが、その年は湯の平という、楽泉園から山の中の急坂を下りたところから背負い上げることが多く、雪深い道で、一俵背負っただけなのに、私は途中何度も雪の上に尻をついて休みました。冬の間何回も行ったため、翌春痔になって座れなくなりました。

その年の十二月ごろになると、すでに日本の連合艦隊は撃滅され、飛行機も全滅状態、兵役年齢を引き下げて兵隊を作っても、渡す小銃も足りないありさまで、「神風特攻隊」とか「人間魚雷」で立ち向かっていたわけですから、アメリカとしてはいわば丸腰の者を攻撃するようなものでした。マリアナ群島を基地とする米爆撃機B29が毎夜のように百機以上の編隊を組んで現われ、日本全国に分かれて各地の軍事施設、軍需工場を爆撃して、悠々と引き揚げていったのです。敵機が関東地方に向かうとすぐ警戒警報が発令され、園内でも急に灯火管制が厳しくなりました。

ふだんから、電気の笠の上からボール紙や新聞紙、黒い布で覆っておくのですが、警戒警報になると職員が「警戒警報発令」と園内中を怒鳴って回り、部屋の中の灯りがぼぉーっとでも見えると、「灯りが漏れてるぞっ」と怒鳴り込んできました。あわてて電気を消すほかありません。「こんなところまで爆弾を落としに来るもんか。爆弾を損するだけだ」と患者たちは陰では言っていましたが、命令には絶対服従するしかないのでした。

これほどになっても「最高戦争指導会議」が戦争をやめようとしなかったのは、ひとえに国体護持、つまり天皇制を維持し、天皇家を護るためでした。降伏すれば、それが維持できなくなる。そのためだけに戦争を続けた。国民はそのためにどうなってもよかったのです。腹はへるし、電気は消さなければならないし、起きていてもしょうがないので、その年の冬は日中だけの生活で過ごしました。それでも前年と同じ量の餅と豚肉が出て、昭和二十年になりました。

昭和二十年の三月十日、B29が大本営発表で四百三十機（しかし、他の文献によれば百三十から三百三十機とまちまちである）という大編隊で東京を爆撃し、そのとき、私と一緒に兵隊検査に行った藤原教室の同窓生、笹木英男君の母さんと妹さんが亡くなりました。彼の家は深川（江東区）で、一番激しい被害を受けたことが報じられ、彼はもしかしたらと長い間便りを待っていましたが、ついに便りはなく、遺体も見つかりませんでした。近衛文麿が戦争をやめるよう上奏を出してから一ヵ月もたたないうちの東京大空襲でした。天皇は近衛の上奏にたいし「もう一度戦果を上げてから」と言って、戦争をやめなかったのです。

こうして暗い、寒い、つらい冬が過ぎて春になりましたが、私の手の指はかじかんだまま、まっすぐ伸びなくなっていました。一冬じゅう天びんを担いで、吊るした紐を素手で握って炊事へ行ったり来たりしていたために、麻痺が運動神経にまで及んだのです。

この病気はなぜか、陽の当たる方が、つまり体の外側が悪くなり方が強いのです。斑紋や結節も体の外側に多く出るし、神経麻痺も外側から始まります。そのため、手の甲の方の麻痺が運動神経に及ぶと、内側へ曲げる神経と外側へ伸ばす神経のバランスが崩れ、指は曲がったまま伸びなくなります。私の手は両手ともそうなってしまいました。

園内の雪は消え去っていましたが、寒い日でしたので、三月の末だったと思います。故郷にいる弟が、宇都宮の十四師団に入営することになったといって面会に来ました。航空兵ということでした。弟は一晩泊まり、灯火管制の暗い中で兄弟三人で語り合いました。両親の様子や、姉妹たちの生活の様子などを聞いて過ごしました。戦争の話は一切しませんでした。その時点で兵隊に行くことは、死にに行くようなものでしたし、すでに東京大空襲のあとで、全国の小さな市町まで爆撃されているときでしたから、兵隊に行かなくても死なない保証はまったくなく、お互いその話にはふれられなかったのです。

翌朝、長野原発一番の汽車に乗らないと間に合わないというので、私たちは三時に部屋を出ました。長野原駅までは約三里あり、弟には無理だろうと、道案内がてら私一人で送っていくことにしたのです。この長野原線は、草津町の元山に露天掘りの鉄鋼石の鉱山があり、それを運び出すためにわざわざ渋川から敷いたもので、線路は六合村《くに》の太子まであり、貨車はそこまで行っていたのですが、客車がつくのは長野原からでした。

朝の三時といえばまだ暗く、私たち三人は家の横の道から、私が笹原を開墾した畑の横を通って六合村へ下りる林の中の急坂を下りていきました。六合村の中心の小雨へ着いたときもまだまっ暗でしたが、家々の入口からはぼおーっと灯りが見えていて、中でことこと音を立てて人が動いていました。「ずいぶん早いんだなあ……」と言いながら二人は歩き続けましたが、それからが遠く、長野原へ着いたときにはすっかり夜が明け、一番列車の発車時刻が迫っていました。駅の構内に行くには、道路から十段ほどの階段を上らなければなりません。階段を上って構内に一緒に行くのはどうかと考えましたので、私はそこで別れることにしました。

「じゃあ、気をつけて行けよ……」。

帰り道気をつけてでも、気をつけて兵隊に行くようにでもなく、私は曖昧にそう言いました。弟は、

「あぁ……」

と言って階段を上って行きました。

同じ道を通ってもつまらないと思った私は、帰りは草津町を通って帰ることにしました。長野原から草津までは一貫して上りです。長野原町大津を過ぎると人家もまばらになり、坂も徐々にきつくなってきます。私の足は急に重くなってきました。そこから約七キロほど坂を上ると、日光の「いろは坂」よりきついという急勾配になります。その坂を上りきらないと草津町に着きません。そう考えるとうんざりして、空腹も気になりだしました。しかし、歩かなければ帰れない。私は、ともすれば道端へ腰をおろしたくなる気持ちを押さえて、必死で歩き続けました。そして歩きながら考えました。

男の子四人のうち私たち二人が病気になり、二人が兵隊に取られて、家には男の子はいなくなった。父母の気持ちはどんなにつらいだろう……、淋しいだろう……、切ないだろう……。それから、本土決戦が単なるかけ声でなく、現

実のものとして身に迫っているこの時期に、兵隊になって行かなければならない弟の心中を思い、「俺たちはどうしてこんなに不幸な星の下に生まれてきたんだろう」と、五郎が病気になったとき、姉にすがって泣いた兄の姿を思い出すのでした。

それでも私は、十時前には園に帰り着いたと思います。実は私は、脚には自信があったのです。というのは、昭和十五年の九月、父と従兄《いとこ》と三人で家まで歩いて帰ったことがあるのです。二十五里（約百キロ）はあるといわれる道のりでした。帰りは従兄と二人でやはり歩いて帰りましたが、往復で二十二時間かかるところを一日で歩き通したのでした。そういう経験があったので、六合村を通っていくと長野原まで三里（約十二キロ）、長野原から草津を回ってくると楽泉園まで四里（約十六キロ）といわれる道を、疲れた足とはいえ、一定の速度で歩き通すことができたのです。一時間で一里といわれましたから、平均的な速度で歩いてきたわけです。

もっとも、急坂が終わりに近づき、草津町が近くなったころから、私は下腹が痛くなり、便所へ行きたくなりました。道脇の陰へ入って用を足そうかと、両側を物色しながら歩きましたが、日陰にはまだかなりの雪が残っていて、とてもしゃがめるような場所はありませんでした。そのうちに町中へ入ってしまい、いよいよ用を足すことはできなくなりました。町を抜ければ何とかなると、私は急いで町を通り抜けました。小松林や雑木林が道の両側にありましたが、やはり雪があり、とうとう官舎の門前まで来てしまいました。腹の方は風雲急を告げていましたが、そこから先には物陰も入るべき場所もなく、私は急ぎに急いで家に辿り着きました。それで多少は歩く時間が短縮されたかもしれません。ろくに食べるものがなく、食べられそうなものは何でも食べていましたから、腹具合を悪くしていたのだと思います。

実際、その年の春から食糧事情は一段と悪くなりました。主食代替として、苗を採ったあとのさつまいもの種いもが配給になったり、えたいの知れない粉（さつまいものつるを乾燥して粉にしたものにうどん粉を少し混ぜたものではないかと皆言っていました）や、とうもろこしの粉、じゃがいもの澱粉などが配給されました。私たちは仕方なく、山菜を採ってきたり、かぼちゃのわきつるをつんだもの、普通なら捨てるものなどを煮て、その中へ粉をゆるく溶いて流し込み、粉の雑炊のようなものを作って食べていました。これを「ねっとう」といっていました。なぜねっとうなのか、どんな字を書くのかわかりませんでしたが、ともかくそういっていたのです。野菜汁を炊いて粉をつなぎに入れ、岩塩で味つけしただけのものですから、うまくもなく、カロリーもありません。天井雑炊の方が、上は汁ばかりで天井が映っていても、底には米粒が沈んでいるわけですから、まだよかったかもしれません。とにかくひどい食生活でした。

それもそのはずで、三月二十七日には硫黄島が玉砕、三月二十六日には、沖縄の慶良間《けらま》列島の座間味《ざまみ》島に米軍が上陸し、以後沖縄は残酷、悲惨な戦場になっていったのです。それでも「敵に出血を強要し、国体護持に寄与せよ」、つまり天皇制（朕）を護るために、沖縄は犠牲になれと言って「最高戦争指導会議」は戦争をやめようとせず、本土決戦を叫び、国防婦人会にまで竹槍の訓練をさせていたのです。「敵に出血を強要」するどころか、多くの沖縄県民が犠牲になり、日本軍に残っていた艦船、飛行機のほとんど全部をこの沖縄戦で失ったのです。特攻隊も人間魚雷も、何の役にも立たなかったわけです。

丸腰になった日本を、Ｂ29爆撃機が思うように爆撃していたのですから、療養所の食糧など、悪くなるばかりのはずでした。それに、先にも少しふれましたし、あとでくわしく述べますが、不正職員による食料品の横領、横流しが自由に行われていたのですから、なおさらでした。

私は、手の指が十本ともまっすぐ伸びなくなり、いわゆる鷲手《わしで》に近い状態になりましたが、親指の対立運動はできましたから、鍬やスコップ、鎌の柄などしっかり握れたので、また農園へ出ようと思えば出られました。しかしそれよりも、ご飯取りをしながら自分の畑を作った方が有利だと考え、そうすることにしました。

昨年野口さんが作った裏の畑は、今度は私たちが作る権利を得ましたので、そこにはじゃがいもとかぼちゃを作り、先に開墾した畑にも、同じようにじゃがいもとかぼちゃをまきました。あとから傾斜を平らになるまで掘り下げた畑は土が固く、何を作ってもできそうもなかったので、せっかく支柱を作ったのだからと、また花いんげんをまきました。

　裏の畑のじゃがいもの葉はどんどん伸びて、かぼちゃのつるも土の上を這って伸び、枝づるもつぎつぎ出しましたが、開墾地の方は、いもかぼちゃも芽は出したものの、容易に伸びてきません。秋に落葉を集め、枯草と一緒に積んでおいたものを堆肥代わりにして種をまいたのですが、全然効果はないようでした。花いんげんの方も同様で、支柱を立てても、少しも上ってきませんでした。

　裏の畑の端、道に近いところに花いんげんが二つ、自然に芽を出しました。こぼれた種からうまい具合に芽が出たのでしょう。じゃがいもの邪魔にもならないので、支柱を立てておいたところぐんぐん伸び、たちまち長い支柱の先端まで上ってびっしり花をつけ、青いさやがぶらぶら下がりました。秋に収穫してみると一本は四合、もう一本は三合、二本で七合穫れました。これは例外で、普通花いんげん畑として作ると、支柱一本当たり一合穫れれば豊作といわれていました。花は赤と白とあり、いずれも支柱の下から上までびっしりと見事に咲きますが、ほとんど実をつけず落ちてしまいます。そして赤い花には赤、白い花には白い大きな実がなります。草津名物の花いんげんです。

　二本の蔓《つる》の伸び方や、人の畑のつるの伸び具合を見ると、開墾地のものはとてもだめだと思わざるをえませんでした。もう一方のじゃがいも、かぼちゃもそうでした。両方の畑ともだめだ、と考えた私は、もう少しましな土地を、大根、白菜をまく時季までに開墾しようと考えました。空腹を満たすために必死でした。

十三　看護婦の代診外科治療

私は、炭背負いに行きながら、ここなら作物がよくできるだろうと思って見ていた、園から湯の平へ行く道の西側の笹やぶを開墾することにしました。東側の傾斜はすでに何人もの人が開墾し、段々畑になっていましたが、西側はあまりにも笹が深いためか、誰も開墾していませんでした。私は前の開墾地では失敗したので、家からは遠いが、傾斜もゆるやかだし、陽当たりもよいので、そこに決めました。ご飯取りの合間あいまに七月の初めからそこへ通いはじめました。

八月初めには大根、白菜の種をまかなければなりません。それまでにできた分だけに種をまこうと考え、私はあらかじめ畑の面積を決めず、ある程度笹を苅っては起こし、また笹を苅って起こす、というやり方で開墾してゆきました。

ちょうど道から二十メートルほど下ったところまで、横幅五メートルぐらいの直線が取れる傾斜地でしたので、下から上へ開墾していくことにして、下の方の笹を三メートルぐらいの幅で横に苅って起こしはじめました。笹の根は地下二十センチほどのところに、網のようにびっしり這っています。背の低い笹のところは十センチもないところに根があり、その下にすぐ浅間砂があって、結局畑としては失敗したのですが、今度のところは予想通りの深さのところに太い根がびっしりありました。この根を掘り起こしてしまわないと、来年またいっせいに笹が芽を出し、せっかく畑にしても、またもとの笹やぶになってしまいます。

青年団の奉仕作業がある日を除いて、私は毎日開墾に通いました。青年団はそのころ、グランドを畑にして、やはりじゃがいもやかぼちゃ、大豆などを作っていましたが、やはり傾斜地を掘り下げて平らにした土地なので、どれもこれも大きく育ちませんでした。

私は七月の二十日過ぎまでに約十坪くらい起こし、種は八月に入ってからまけばいいのだからもう少し起こそうと、また三メートルほどの幅で笹を苅りました。すると、ちょうど真ん中あたりのところに、一抱えはあったろうと思われる古い木の切り株が出てきました。すでに皮はむけて腐ってしまい、白い切り株だけ残っているので、何の木かわかりませんでした。私は株の両側を押しましたが、横に張った木の根は思ったよりしっかりしていて、その根のあるところをよけて起こすとだいぶ面積が狭くなり、やはり邪魔になるので、掘り起こしてしまおうと思いました。

本職の農民ならそんなことはしないでしょう。私は農村で育ちましたから、入園前に農家が雑木林を畑にするのを見たことがあります。雑木をすべて伐り倒し、集めて燃やし、木の株はそのままにして、種をまく畝の部分だけ唐鍬《とうぐわ》で土を起こし、そこへ、木を燃やした灰とそばの種をまいていました。その場所を「あらく」といっていました。そばは一番肥料がいらないのだということでした。木の切り株から出るひこばえを二、三年完全に取っていれば、根は枯れ、やがて腐ってしまう。そのころには立派な畑になると、母から教わりました。しかしそれは、広い山林を何年もかけて作物を作りながら畑にしてゆく本職のやり方であって、こちらは道の傍まで起こしても三十坪ぐらいはあるかなと思いながら始めた小さな畑です。その小さな畑の真ん中にこんな大きな根っこがあったのではさまにならない、とも思ったのでした。

それに私は、青年団の奉仕作業で「松根掘り」をずいぶんやらされ、根っこ掘りには慣れているつもりでした。松根掘りは、国が全国民に号令をかけてやらせたのです。軍需工場や軍の車両等の燃料用に、松根油《しょうこんゆ》を取るためでした。木炭車のトラックが走っていた時代で、燃料の欠乏はそれほどの状態だったのです。だからといって、療養所の入園者まで松根を掘る必要はなかったと思うのですが、中央会館の周りにたくさんあった大きな松の木の根を掘らせたのです。

中央会館を建てた敷地は、一抱え以上もある松の木が林立している丘を平らにしたところだったので、敷地内には伐り倒した根っこがそのままになっていたのです。まだ生木のような根が四方八方に張っていました。それを鉈《なた》や鋸、まさかりなどで一本一本切り離し、片側を深く掘って根っこにロープをかけ、五、六人でよいしょ、よいしょと引っ張ります。根は深く掘った方へ傾いてきます。そうしておいて根の真下にある牛蒡根という一番太い根を切り、またロープで穴から地面まで引き上げて、やっと一つの根の掘り上がりです。これを加島正利の命令でずいぶんやらされました。

その経験があるし、それほど太い木でもなく、古株で、細い根は大方腐っているだろうから、それほど骨は折れまいと思って掘りはじめました。唐鍬を振り下ろすと、ぶっ、ぶっと細い根の切れる音がして、土は起きてきました。思った通り、いけるなと思いながら掘ってゆくと、根の周り四分の一くらい掘ったところで、唐鍬ががつんとはね返ってくるほどの衝撃を受けて止まりました。やっぱり太い根があったかと、がっかりしながら周りの土をよけてみると、私の腕より太い根が現われました。唐鍬でこん、こんと叩いてみましたが、へこみもしません。

つぎに行くとき、私は斧を持っていきました。鋸で切れば五分もかからない太さですが、地中の根は周りの土や根が邪魔になり、鋸は使いにくく、案外手間取ります。斧で叩き切る方が早いと考えたのです。ところが予想以上に根は固く、斧を振り下ろすと、かあーん、かあーんと乾いた音がして、刃先は二センチくらいしか入りません。右と左に刃先を変えてV字形に切り下げていくわけですが、容易に切れていきません。腹がへっていて力が入らないのかと、思いきり高く振り上げて力いっぱい叩きつけると、手がしびれるほどの衝撃が伝わってくる。これでは長続きしない。気長に普通の力でやるほかないと、私は根気よく、かんかんとやっていました。

斧は、足柄山の金太郎が担いでいるまさかりのように木を伐る道具ではなく、薪を割るのに都合よくできている道具です。それにしても、生の立木なら一回に五センチ以上入るのです。やっと伐り終わって、何の木だろうと顔を近づけ、匂いを嗅ぎ、木目を見るとやはり栗の木でした。栗の木は、土の中でも容易に腐りません。そして、生のうちはさほど固くないが、枯れると固くなる。私が手こずったのは無理もなかったのです。その日は伐り終わったところで、唐鍬、鎌、斧を持って帰りました。

その夜床についてから、足腰も、肩も腕もどこも痛くないのに、右手の親指がじぃーんとして腫れぼったい感じで、曲げると少し痛いことに気がつきました。もしかしたら——と思いましたが、電気をつけて見ていて職員に怒鳴られるのも嫌だし、見てもどうしようもないのだからと思って、そのまま眠りました。

実はそのとき、私の右手の親指の関節の上に、小豆《あずき》ぐらいの小さな傷があったのです。いつも仕事を終えたあと、手を洗って、包帯を細く裂いて巻いているのをほどき、ホウ酸軟膏《なんこう》をつけて新しい包帯で巻き直していたのです。関節が曲がっているので、いつの間にか擦り傷ができて容易に治らず、傷がまん丸になって周りの皮が少し厚くなっていました。もう何日もそうしていて何ともなかったので、その日も同様にしたのでしたが、もしかしたら、木の根を叩く斧の衝撃で傷が熱をもち、炎症を起こしたのでは、と思ったのです。

翌朝、起きて指を見ると、案の定少し太くなっていました。包帯を解いてみると、傷の周りがぼぉーっと紅くなっていました。明らかに炎症を起こしています。私は、これは診察に行き、治療してもらわなければならない、炎症が止まり、傷が治るまで畑仕事はできない、とがっかりしました。斧を使わず、鋸で切ればよかったと思いましたが、あとのまつりでした。

十時になるのを待って、私は外科治療室へ出かけていきました。しかし、あいにくその日は診察は休みでした。看護婦だけで治療していましたが、それも大方終わっていて、二、三人が包帯を巻いてもらっているだけでした。

待つ間もなく、鳴山という外科の主任看護婦が私の前に来たので手を出すと、看護婦は左手で私の親指のつけ根を持ち、右手でくるくるっと包帯を取って、ちらっと傷を見たと思ったら後ろの治療用品を乗せてある車つきの台に右手を伸ばし、消毒液を入れた容器に逆さに入れてある医療器具の中からエヒを取って、いきなり私の傷をカリカリとひっかきました。私は、嫌なことをするなあ、こんなことを看護婦がしていいのか、と思いましたが、するな、やめろなどと職員に言える時代ではありませんでしたから、黙ってされるままになっていました。

確かにそのとき私の傷は、赤いはずの肉が、薄いクリーム色になっていました。鳴山看護婦はそれを腐肉と見て、取ってしまうつもりでひっかいたのでしょう。エヒというのは大豆を半分に切ったくらいの大きさで、しゃもじの柄を底につけたような形をした医療器具です。丸いふちが鋭い刃になっていて、吹出物や腐肉を削り取る道具で、メスと同様、医師以外は使えないことになっているはずでした。それを鳴山看護婦は平気で使ってひっかいたのです。ひっかいても、昨日包帯を巻きかえたときは赤い肉で、色が変わったのは今朝ですから、腐肉として取れるわけはありません。看護婦はひっかくのをやめて、リバノールガーゼを当て、包帯をしてくれました。

午後になると傷がじいーん、じいーんと痛みだし、手を下げるとずきんと重苦しく痛みました。やはりエヒで掻いたのが悪かったな、と思いました。あのとき、嫌なことをすると思った気持ちは当たっていたのです。炎症を起こしはじめた傷をエヒでひっかけば、当然炎症はひどくなるはずです。鳴山のやつ、いい気になりやがって——と、無性に鳴山看護婦に腹が立ってきました。

彼女は嬬恋《つまごい》村の出身で、楽泉園の看護学校一期生だか二期生、優秀な成績で卒業し、そのまま楽泉園に就職した看護婦でした。男のような気性で、どんな傷も恐れずばりばり仕事するので矢嶋先生に可愛がられ、メスを持つことも許されているという噂でした。だからといって看護婦は看護婦、医師としての勉強をしているわけではなく、傷を見て、やってよいことと悪いことの判別がつくわけがありません。それなのに、医者になったような態度でエヒを持った鳴山に、心底腹が立ったのです。

同時に、〝嫌なことをする〟と思いながら何も言えず、黙ってされるままになっていた自分自身に対しても、腹立たしい思いがしました。なぜあのとき、「そんなことをして、傷が悪くなったら責任が取れるのか?!」と言って手を引っこめなかったのか？　それは、治療をしてくれる看護婦に逆らって、傷が悪くなったらよけい困るということと、職員に逆らったら監禁室か「特別病室」入りを覚悟しなければならないということから、何も言うことはできなかったのです。

——自分の身は自分で守らなければならない。たとえ特別病室へ入れられても、言うべきことは言わなければならなかったのではないか——。突然開墾にも行けなくなり、畑の手入れにも出られなくなったやり場のない身体を畳に横たえ、眼をつむっていると、傷のうずきがだんだん強くなってくるように感じました。

そして炎症はどんどんひどくなってきました。親指を切るようなことになるのではないか？　親指だけでなく、腕を切り落とすことにならないとも限らない。不安は果てしなく拡がってゆきました。一方、ますます深刻になってくる食糧難の中を、どうして生きればよいのだろう、という不安にも襲われ、あの鳴山のやつ——とまた怒りがこみあげる一方、斧を振るった自分が悪いのだと後悔し、不安と怒りと後悔と、焦燥と恐れと、すべてが一度に襲ってきた状態で、悶々としてその日を過ごしました。夜になると、痛みはずきん、ずきんとはっきりしてきました。

翌朝、やはり十時になるのを待って外科に行きました。私の番が来て看護婦が包帯を解くと、やはり親指は倍ぐらいの太さに腫れ、指のつけ根から手首のところまでと、手のひらと甲の方まで腫れが来ていました。昨日当てたリバノールガーゼが傷にへばりついていて、先生はそれをピンセットではがし取り、傷口へゾンデを当てて、くるくると傷のふちを回してみました。ゾンデはどこにも入っていきませんでした。それで先生は鳴山看護婦と同様にリバノールガーゼを当て、「注射を出しておこう。それから水枕で冷やしてくれ」と言って、つぎの人の傷を診にかかりました。

何という注射か憶えていませんが、二十ccの注射器に入った透明な液を静脈に打ってもらい、水枕を借りて帰って一生懸命冷やしました。といっても現在のように冷蔵庫の氷があるわけではなし、夏ですから雪もなく、ただ水道の水を入れて、少しでも冷たくなると水を替えて冷やすしかありませんでした。

翌日、また診察はありませんでした。看護婦が包帯を取ると、手の甲と手のひらの腫れが目立つようになり、傷の周りの紅みが広くなっていましたが、前日に比べて極端に悪化したようには思えませんでした。看護婦に同じ処置を受け、注射してもらって帰りましたが、この分なら一生懸命冷やせばおさまってくるかもしれないと、少しほっとした思いでした。しかし、夕方ごろから親指の痛みは強くなり、冷やしても冷やしても痛みは増すばかりでした。やっぱり化膿してきたのだろうか——と、今度はその思いと指の痛みとが直結し、それ以外のことは何も考えられなくなりました。何とかおさまってくれ、ひどくならないでくれ——と、頭の中で念仏のようにくり返しているだけでした。

翌日は診察があり、先生の前で包帯を取ると、手首から先がぱんぱんに腫れ、傷のない四本の指まで少し太くなっていました。そして親指は、手首の方まで紅くなっていました。先生は前と同じようにゾンデを取り、今度は指の根元の方へ差し込みました。ゾンデはすーっと入っていき、つけ根の関節のあたりで止まったようでした。先生は私の顔を見て、「開くぞ」と言いました。ゾンデが入っていったのを見ていた私は、うなずくほかありませんでした。先生はピンセットでつまみ上げた大きな綿花の玉をヨードチンキに浸し、私の手首から先、四本の指を除いて甲も手のひらもそれでごしごしこすり、塗りつけてから「メス」と看護婦に言いました。

「人の痛みは三年でも我慢できる」という言葉がありますが、私も、野口さんをはじめ、人が手足を切開されるのをずいぶん見てきました。けれども、自分が切開されるのは初めてです。少し思わず顔を横に向け、眼をそらしました。少しの間そうしていると、親指を押さえつけられるような感じがして、鈍い痛みを感じたので視線を戻すと、先生はピンセットでつまみ上げた滅菌ガーゼを、ゾンデで切り開いた傷口に詰めているところでした。切り口は親指のつけ根と手首との中間ぐらいまでありました。

麻酔もせずにそれほど大きく切り開かれても、ガーゼを強く押し込まれて、やっと鈍い痛みを感じただけでした。両手が一度に麻痺してから約一年半、麻痺はそれほど深く進んでいたのです。処置が終わり、注射も終わって帰ろうとすると、看護婦が真っ白い三角巾で、大きく包帯した手を首から吊ってくれました。私は切り開かれた傷の怖さよりも、これで炎症が止まるだろうか？　止まってくれ、止まらなかったらどうしよう——そういう不安で頭がいっぱいになり、他のことは何も考えられずに外科室をあとにしました。

帰る道々、会う人ごとに「手、どうしたんだ？」と声をかけられ、初めてその大げさな自分の姿に気がつき、一段と心が重苦しく沈んでいくのでした。

翌日も、翌々日も矢嶋先生の診察はありませんでした。たぶん土曜、日曜にかかったのだったと思います。外科室へ行って治療と注射だけはしてもらいましたが、真剣に水枕で冷やしていたにもかかわらず、腫れはまったくひかず、炎症は止まりませんでした。二日目には、腫れは手首を越えて肘の方にまで及んできました。やはり、野口さんの二の舞いだろうか？——私は死の恐怖を感じざるをえませんでした。ただ、切開した傷口の底に白く筋と思われるものが見えていましたが、黒くも茶色くもなっておらず、体温もさほど高くならないのがせめてもの慰めでした。

三日目、先生は指の内側、つまり前の傷の反対側を切開し、指のつけ根の少し上からガーゼを挿し込みました。ガーゼは下の傷口へ出てきました。上下の傷を貫通させたのです。内側の傷へガーゼが出るとき、びぃーんという痛みを感じましたが、我慢できないほどではありませんでした。そして先生は「病室へ入室して、雪で冷やしてもらってくれ」と言いました。

私は頭の中が真空になり、身体じゅうの力がいっぺんに抜けてゆきました。これから先どうなるのか、何も考えられず、処置の終わったのも気がつかないほどでした。看護婦にうながされて、後ろの長椅子に下りました。

病室は第四病棟の一号室でした。私が看護人をしていたのは三、四号室で、その西側が一、二号室でした。看護人部屋は共同だったので、お互いによく知っており、「ひどい目にあったな」と言って迎えてくれました。西尾という、かつて一緒に看護人をした人が朝顔バケツを持って「雪を取ってきて冷やしてやるからな」と言って出ていきました。園内放送などないときにどうやって連絡したのか、間もなく弟が、布団や湯呑など一人で持ってきてくれました。単《ひと》衣《え》の着物に着替え、ベッドに横になると、雪室《ゆきむろ》から帰ってきた西尾さんが、野口さんのときと同様に水枕と氷嚢《ひょうのう》に雪を入れ、上下から傷の手を冷やしてくれました。

「まだ雪はあるの?」

と私が訊くと、西尾さんは、

「ああ、まだある。大分底の方になったけどまだ二尺や三尺はあるんじゃないか、大丈夫だ」

と言いました。

雪室は、薬局の倉庫と本館の間の松林の中にありました。もう一ヵ所、中央会館の裏（東側）に、これは私が入園したときはすでにありましたが、この二ヵ所の雪室に、一番雪の多い二月に患者総出の奉仕作業で雪詰めをやるのでした。炭俵で作った担架に雪を乗せて、運ぶ人、雪を乗せる人、中へ入れた雪を踏み固める人などに分かれてやるのですが、四、五メートル四方はあり、深さもそのくらいあって、底の雪を取るには屋根へ上るはしごを下ろして上り下りしなければなりませんでしたから、その室にいっぱいに詰めるには、半日かかりました。私はその冬、両方の室の雪詰めに出ましたが、まさかその雪を自分も使うことになるとは、夢にも思いませんでした。

急に重病人になり、本来ならいろいろと感慨が湧くところだったでしょうが、私はただひたすら炎症が治ってくれと、それだけしか考えられませんでした。野口さんと同じようになるのではないか、という心配がその通りに進行しているという恐怖だけが、強く迫ってくるのでした。

看護人は、夕食前と、薄暗くなってからと、翌朝起きるとすぐに雪を取りに行ってきて、冷やしてくれました。その甲斐があったのか、包帯をしていない手首から肘までの間の腫れが昨日よりひどくならず、気のせいか皮膚の張りが少しゆるんだように思われました。やはり野口さんの場合とは違うな——と、親指がどうなるかという不安からは逃れられませんでしたが、死の恐怖からは脱したと、いくぶんほっとしました。

足の傷で入室し、歩けない場合は、先生が治療に来てくれましたが、手の場合は外科室まで行かなければなりませんでした。外科室へ行って包帯を取ると、ほとんど昨日と変わらないように見えましたが、甲の方の紅みが確かに薄くなっていました。そして、傷に詰めたガーゼが染みでぐっしょり濡れ、当てガーゼにまで染みがついていました。明らかに炎症が止まった証拠でした。炎症している傷からは浸泌液は出ず、熱のため、傷に当てたガーゼが乾いて傷に付着してしまうのです。染みが出るようになれば、まず炎症は止まったと見て間違いありません。私は朝よりはっきりと安堵しました。

ですが、詰めたガーゼを取り除き、消毒をして、先生が再び上の傷から下の傷へ向けてガーゼを挿入してゆくと、下の傷の指のつけ根のところで「びいん」とものすごい激痛がしました。それは、そこから直接脳へ突き刺さるような、それまで経験したことのない激しい痛みでした。思わず「痛いっ」と悲鳴を上げましたが、眼の奥が熱くなり、涙が溢れてきました。先生は「神経にさわったな」と言い、そこでいったん止めて、上の傷、下の傷と別々にガーゼを詰めました。

その日とその翌日ぐらいで腕の腫れはほとんどひいて、手の甲も表面にしわが寄ってきました。そして、手首から先だけもう一日雪で冷やすと腫れはほとんどなくなり、冷やさなくてもよくなりました。しかし、例の〝神経にさわった〟という痛みは治療のたびに同じで、治療が怖くなりました。けれども、危険は完全になくなり、あとは傷が治るのを待つだけになりました。

そんなとき、別の苦難がふりかかってきました。汽缶場のボイラーが壊れて、炊事場でご飯が炊けなくなり、患者全員現品給食になったのです。病棟入室者の朝食とお粥だけは薪で炊いて出してくれましたが、昼食、夕食は各自で炊いてもらってくれというのでした。このため、私は弟に炊いてきてもらうことになりました。

弟・沢田五郎はその年の春、「望学園」の高等科を卒業し（といっても患者には義務教育を受ける権利もなく、学校として認められていませんでしたから、私と同様卒業証書も何もありませんでしたが）、綿打ち工場の作業に就いていました。綿打ち工場は、死亡した人とか逃走した人などの布団綿を打ち直し、新入園者へ支給するためにやっていたのです。作業員全員患者、午前午後の一日作業で、甲作業賃一日十銭でした。午前の作業は十一時までで、それから帰ってご飯を炊いて、十二時までに病室の私のところへ届けるのは大変だったと思います。

それ以上に大変だったのは、前にも書きましたように、現品支給といっても米わずかと麦五合ぐらいで十日分、その他代替として例の変な粉やじゃがいもなどが支給されるだけですから、弟は苦労したと思います。天井雑炊や「ねっとう」を病室へ持ってくることもできず、米少しと麦にじゃがいもを入れたご飯を五郎八《ごろはち》茶碗に一杯、風呂敷で包んで提げてきてくれました。

五郎八茶碗は、二人で一緒に住むようになった当時、少し楽になったのでご飯しゃもじなどを買いに行ったらこの茶碗があったので、二つ買ってきたもので、普通のご飯茶碗より少し大きく、下の方がふっくらとふくらんでいて、上がどんぶりのように少し広がっている茶碗でした。普通の茶碗の一杯半ぐらい入る大きさです。

じゃがいもを入れたにしても、それに一杯私のところへご飯を持ってくれば、弟の食べる米麦はおそらく全然なかったでしょう。弟はじゃがいもだけとか、あるいは大根葉、野菜だけを食べていたに違いありません。それはわかっていました。わかってはいても、私も腹がへって、ご飯の時間が近づくと、餌を運ぶ親鳥を待つ小鳥の雛のように、弟が上ってくる病室の庭の方ばかり見ていました。見まいとしても、眼は自然とそちらへ向いてゆくのでした。

私の住む千葉寮から、寮舎地区を通らず、病棟の下を通って正門へ抜ける道が通っていました。その道から土堤を斜めに上って病棟の庭へ出る道がついていました。病棟の庭の東端へ上ってくるのですが、弟はいつもそこから上ってきました。道のところに頭が見えるとすぐ、五郎八茶碗を手に提げた弟の姿が現われました。弟はいつも汗びっしょりになっていました。作業から帰って大急ぎでご飯を炊き、それを走るようにして持ってきてくれたのだと思います。口の中へ入れると、熱くて嚙めないようなときもありました。

　こうして、太陽がベッドの枕元まで入ってくる真夏の暑さと空腹に耐えながら、庭ばかり見て暮らしていたある日、庭の草や桜の葉がきちっと見えないことに気がつきました。なぜか、形の端がぼやけて見えるようなのです。変だと思い、自分の家の屋根を眺めてみました。そこから千葉寮の私の住む家が見えたのです。屋根はそう変わらずに見えましたが、トタン板の接《つ》ぎ目の線がやはりぼやけて、きちっと見えません。

　やっぱり変だ――と思い、今度は右眼をつむって、左眼だけで見てみました。すると両眼で見るよりいっそうはっきり見えません。今度は左眼をつむって見てみました。草の葉も、桜の葉も、周りのぎざぎざから葉脈まではっきり見えます。家の屋根のトタンの接ぎ目の線もきちっと見えました。右眼がどうかしたのだなと思い、向き直って鏡で見てみました。ちょっと見たところでは別に赤くもないし、変わったところはありません。しかし、右眼を見たり左眼を見たりしているうちに、右眼より左眼の瞳孔の方が少し大きいことに気がつきました。

　瞳孔が明るいところでは小さくなり、暗いところでは大きくなることは知っていました。けれども、右と左で大きさが違うなど、まったく想像もできないことでした。そして大きい方の左眼ではっきり物が見えない。これはよほど重大な眼の病気ではないかと、そのとき思いました。

当時、私の視力は両眼とも一・五でした。右眼はそのままで、左眼も少しぼやける程度で何の不自由もありませんでしたから、大して動揺もしませんでしたが、それから折にふれて鏡で左眼の瞳孔を見るようになりました。白目も茶色目も右眼とまったく変わりがないのに、ただ瞳孔だけが大きい。不思議で、気になって仕方がありませんでした。

沖縄では、住民にも大きな犠牲を出して七月初めに戦闘が終わり、米軍が占領しました。いよいよ本土決戦が現実性を帯びてきた八月六日、広島に新型爆弾が投下され、一発で一瞬にして広島が消滅し、九日に同じものが長崎に投下されました。三月十日の焼夷弾による東京大空襲で、竹槍も防空壕も何の役にも立たないことはよくわかりました。そのうえにこの新型爆弾ですから、さすがの「最高戦争指導会議」の面々も天皇も、これでは本土決戦もくそもない、これ以上戦争を続ければ、「国体護持」はおろか民族の滅亡だ、ということがようやくわかったのでしょう。そして八月十五日が来たのです。

その日、朝食のとき、主任看護人が、

「今日、十二時から重大放送があるそうだ。天皇陛下が放送するらしいから、よほど重大なことだろう。四号の田中さんがラジオを持っているから、行ける人は行って聴くといい」

と言いました。

「天皇が自ら放送するなんてよっぽどのことだな。いよいよ本土決戦だから、なんじ臣民皆死ぬまで戦えとでも言うんだろうか?」

「まさか、そこまでは言わんだろうが、全国民は本土決戦の覚悟を決めよ、ぐらいのことを言うのかもしれんなあ」

「同じことじゃないか」

などと、入室者も看護人も一緒になってあれこれと憶測し、一刻がやがやしていました。私は弟が運んでくれた五郎八茶碗の昼食を食べ、隣りベッドの万馬君に「行って聴いてくるわ」と声をかけ、四号室へ出かけていきました。万馬君は四日ほど前、足の傷を悪くして入室したのでした。

行ってみると、田中さんのベッドの周りには大勢集まっていて、廊下の窓枠にもたれて立っている人や、はめ板にもたれてしゃがんでいる人もいました。私もはめ板にもたれてしゃがみました。

やがて天皇の放送が始まりましたが、ざあー、ざあー、があー、があー、ぴいー、ぴいーと雑音がひどく、それに天皇の言葉はやはり神様の言葉なのか、変な言葉遣いでさっぱり聴き取れませんでした。かろうじて私は「堪え難きを堪え忍び難きを忍び以て万世の為に太平を開かんと欲す」という言葉だけ聴き取ることができました。それだけで、どうやら戦争をやめると言っているんだな、とは思いました。しかし、その前後の言葉がまったくわからなかったし、本土決戦、本土決戦と強く叫ばれていたときですから、「堪え難きを堪え、忍び難きを忍んで戦え」と言ったのか、はっきりわかりませんでした。

天皇の放送が終わると同時に、廊下にしゃがんで聴いていた森山さんがさっと立ち上がり、黙って自分の部屋へ帰っていきました。森山さんは、私が入園したとき入った部屋の隣室にいた人で、俳句をやっている人でした。森山さんが去ったあと、

「何と言ったのか全然わかんなかった。何て言ったんだ」

と誰かが言い、

「俺もわからなかった。お前わかったか」

「戦争はやめると言ったんだろう。わかんないけど」

「要するに、降参したと言ったんだよ」

などと口ぐちに言いながら、半信半疑の表情で皆その場を去っていきました。

ベッドに帰るとさっそく万馬君は、

「天皇の話はどんな話だった」

と訊きました。

「よくわかんなかった」

「おいおい」

おいおいは彼の口癖でした。

「よくわかんなかったけど、みんな戦争に負けたんだと言っていた」

「そうか、負けたか」

と万馬君は言い、しばらく間をおいてから、

「これだけやられちゃあ、負けだよなあ」

と言ってまた沈黙してしまいました。

私は、ベッドの半分ぐらいまで入って来た陽差しを避け、枕のところに尻を置いて、床頭戸《しょうとう》棚によりかかって、これからどうなるのかなあ——などと考えていました。万馬君は足の傷なので、足の上に離被架《りひか》を置き、その上に毛布をかぶせて仰向けに寝てじっとしていました。彼も同じようなことを考えていたのだと思います。

十四　お骨が動く

この万馬君は藤原教室の同窓生でした。私と同じ歳でしたが、彼は私より入園が二年早く、邑久光明園へ帰った室谷先生の教室へ通ってて、学業に切れ目がないため、尋常高等小学校は終えたとして、私より二年早く藤原教室を卒業したのです。

万馬君は卒業するとすぐ、上田さんというお葬式の際に代僧を務める人と一緒に、大谷光明寮というお寺代わりの建物へ管理人として住込作業に就きました。上田さんも同病ですから、足に傷ができたとかしてよく病棟へ入室しました。上田さんが入室すると万馬君は、一人でお寺に寝るのは気味が悪いから私に泊まりに来い、と言うのでした。なぜ気味が悪いんだと訊くと、夜中に骨壺の中でカサッ、カサッと骨が動く音がするんだ、というのです。そんなばかな、と私が言うと、万馬君は、

「本当なんだ、本当に骨が動く音がするんだよ。人間の骨は骨上げのとき、足から順に頭の方へ拾っていくが、どうしても順番通りにはゆかない。肋骨が腰の骨の下へ行ったり、首の骨が肋骨の下になってたりするだろう。そうすると順番通りに骨壺の中で自然に戻るというんだ。それでガサッ、ガサッと音を立てるというんだ」

と、真剣な顔で言うのでした。

万馬君は私と同じ歳ではあっても、私より入園が二年も早く、そのころの入園者の間では、

入園年月が早いほど威張っている風潮があり、それは子供たちも同じで、一番入園の早い万馬君が藤原教室の大将でした。気も強く、自分に従わないと怒り出します。私も何度もけんかしましたが、何分にも子供が少ないので仲良くならざるをえず、すぐ仲直りして、いわば兄弟のように過ごした仲でした。その万馬君が泊まりに来いと言えば泊まりに行けない理由もなく、また骨が動く音を聴いてみたい好奇心もあって、よく泊まりに行きました。最初泊まった日の朝、

「夕べ、骨の音がしたか」

と訊くと、

「いや、夕べはしなかった。骨も疲れてるから、たまには休む夜もあるんだろう」

と、とぼけたことを言ってごまかしました。要するに淋しかっただけだったのでしょう。大きな仏壇があり、その前に棺を置いて、通夜も葬式もする広間の隣りの管理人部屋で、今流に数えれば十四歳の万馬君が一人で寝るのを気味悪がるのは、無理もないことでした。仏壇の両横の押入れにはたくさんの骨壺が入っていたのですから、風の音、木の葉の音、ねずみの音まで、骨壺の骨が動いたと思うのも仕方のないことでした。

ところで、なぜ仏教所の押入れに骨壺がたくさん入っていたかということについてもふれておきましょう。

患者が危篤になり、死亡すれば配偶者や親しい友人が故郷の家族にその旨連絡します。連絡

を受けた家族は、臨終や、葬式に間に合うように来る人もありましたが、行けないからよろしく頼むという人や、今は行けないので後日お骨をもらいに行くと言ってくる人も大勢いました。そうした人のお骨を、当時宗教団体の建物は大谷光明寮だけだったので、そこの仏壇の横の押入れに入れて預っていたのです。

何年たっても取りに来ないお骨は、監禁室の横に、道の高さと同じ地面に、大人の上半身だけがやっと入るような、観音開きの板戸がつき、上に土を盛って草芝を乗せた室《むろ》のようなものがあって、そこへ入れておくのだということでした。それが、家族に持ち帰ってもらえないお骨の末路でした。

なぜ身内の骨を持って帰らないのか？　それは、古くからハンセン病は遺伝病だと世間で固く信じられていたからです。遺伝病であれば、親族をはじめ子々孫々に至るまで、婚姻に大きく影響します。身内にハンセン病患者がいること、あるいはいたことを絶対に隠さなければなりません。お骨を持ち帰れないのは、それが決定的な理由です。

そのうえ「癩予防法」が、ハンセン病は強烈な伝染病であるという大宣伝をし、「無らい県運動」が地域を挙げて、この恐ろしい伝染病を一人残らず見つけ出し、療養所に入れるために協力していたのです。伝染病であれば遺伝病ではないのですから、政府は伝染病の大宣伝と同時に、遺伝病ではないという大宣伝を行うべきでした。しかし政府はそれをせず、むしろ、遺伝病説を裏づけるような断種、妊娠中絶を行ったのです。このため〝恐ろしい伝染病の遺伝病〟という、まったく相矛盾する観念が国民に強く、深く植えつけられてしまったわけです。ですから、親族、家族の身を守るために、非情と知りつつ、骨を持ち帰れなかったのです。

万馬君も昭和十八年に、三歳ほど年下の女性と結婚しました。四畳半の夫婦舎へ二人で引越した日に、彼も断種手術（ワゼクトミー）をしました。私と上田さんと二人で、担架で担いで帰るため、手術室の前で待っていると、手術を終えた万馬君は、看護婦に両脇を抱えられるようにして出てきました。中を見ると、手術室の戸も開け放たれていて、つぎに手術する人が手術台に乗っているのが見えました。剃毛《ていもう》はすでに終え、露わになった陰茎と睾丸がそのまま丸見えでした。手術は矢嶋先生がしますが、若い独身の看護婦が助手を務めているのです。

私も、好きな女性が現われれば、結婚したいと思っていました。けれども、あんな恥かしい思いをしなければならないとすれば嫌だなあ……。そういえば藤原先生も手術をした。そのとき先生はどんな思いだったのだろう？　そんなことを思いながら、まだ両方とも麻痺していなかった足に朴《ほお》の高歯の下駄を履いて、からころと音を立てながら、万馬君を担架に乗せて、部屋まで運んでいったことを憶えています。

隣りベッドの万馬君はその万馬君でした。

三時の検温に来た看護婦が、私の脇に検温器をはさみながら、

「戦争、負けちゃったねえ……」

と、小さい声で言いました。

「ああ、負けたなあ……」

と私は応え、看護婦を見ると、大きなマスクに深い帽子の間に眼だけ出ているその眼に、涙が溢れていました。昨年の元旦、野口さんのところへ治療に行ってもらった都所さんという看護婦でした。

私は入園した翌朝涙を流して以来、泣けない人になっていましたし、それに戦争に負けても、哀しいとも、くやしいとも思いませんでした。ただ、これから日本は、我々はどうなるんだろうとは思いました。

しかしどうなろうと、皆殺しにでもならない限り、生活も食糧も今より悪くなりようがない。今がどん底だ。弟は出征はしたものの、戦地には行っていないから助かっている。兄は南方へ行ったとすれば、まだわからないが、戦死の公報は来ていないのだから助かっていると思う。いずれにしても泣ける気持ちではありませんでした。

その日かその翌日の夕食後、例の井村茂兵君が私たちを見舞いに来て、原子爆弾や原子核の説明をしてくれたのでした。私も万馬君も、井村君の勉学の深さにただただ敬服し、驚きました。

熱も腫れも完全にひき、あとは毎日治療して治るのを待つだけになりましたので、退室して外科室へ通うからといって、その翌日ぐらいに退室しました。家から通いはじめて一週間ぐらいで上の傷は治りましたが、内側の傷は容易に治らず、特に神経にさわった指のつけ根のところは治りませんでした。痛みもほとんど変わらず、治療のたびに涙が出るほど痛みました。

十五　眼科医の逆治療

　草津高原は、八月の半ばを過ぎればもう秋の気配です。入室する前とはがらっと空気が変わっていました。それは自然の変化だけでなく、私の身体の変化から、いっそう自然の変化を強く感じたのでしょう。

　裏の畑のじゃがいもを掘ったあとに、弟が大根と白菜の種をまいてありましたが、弟は初めてすることであり、作業に出ながら私にご飯を炊いて運んでいたその合間にやったことですから、まく時季が遅れたのかどうか、大根も白菜もあまり伸びていませんでした。開墾途中の畑はもちろん、他の二枚の畑もおそらくだめだろう。いったいこれから食べ物をどうすればいいのだろう？　そんなことを考えながら、涙の出るほど痛い治療に通っていました。

　早く帰れた日、裏の畑に立つと、浅間山、白根山、四阿山《あずまや》の方は樹木の葉に邪魔されずよく見えました。山の上にいて、周囲を山に囲まれていて、山を眺めるのが好きなのは、行こうと思っても行けなかったからではありません。前にも書きましたが、横平山と赤石山の間にある野反湖《のぞりこ》にも行ったし、白根山へも登ったことがあります。

　白根山へ登ったのは、まだ藤原教室へ行っているときで、兵隊検査が一緒だった笹木英男君と二人で、白根ぶどうを採りに行く大人たちのあとをついていったのでした。

ここから上には清水はないからとひとりの大人に言われ、道端の水飲み場で、飯ごうの中に入れてきた米に水を入れて、ぶら下げて登っていきました。間もなくその大人の人は、ここから先は一本道だから、と言って自分は道のない藪の中へ入っていきました。なるほどそこからは分かれ道はなく、二人で一本道を登っていくと、やがて展望が開け、頂上の近くに出ました。楽泉園から見える白い山の頂上は、足元から右手に六百メートルもあるかどうかです。しかし、道はそこへ登るようにはついておらず、どこまでもそのふもとを回るように続いています。その道をどんどん行けば志賀高原へ行く、と聞いていましたので、わずかな距離だからここから登ろうと、二人は人が歩いたあとがないところを頂上めがけて登っていきました。

滑るなあと言いながら、それでも半分ほどのところまで、二人とも何とかバランスをとって登りましたが、そこから傾斜が急になり、滑るのもきつくなりました。火山灰が粘土のような感じになっていて、表面がつるっつるっとむけていく感じで滑るのです。とうとう、足だけでは上がれず、二人とも這って登りました。おかげで、飯ごうの水はすっかりこぼれてしまいました。

やっとの思いで頂上に着くと、そこには人が踏み固めた道がちゃんとついていました。その道は湯釜のふちを巡り歩く道で、私たちがいたところの眼下には、血の池と呼ばれる火口湖が、気味悪い、赤褐色の水を湛えていました。左手には青い湖が見えていて、私たちはそちらへ向かって歩きました。すぐ、二つの火口湖を隔てている馬の背へ着きました。

馬の背の上にも道がついていて、山の向こう側へ渡っていけるようになっていました。しかし、本当にやせ馬の背骨の上についているような道で、両側の湖を見ては、とても恐くて渡れる道ではありません。私たちは青い水の湖のふちを、下の水を見ながら「きれいだなあ」と言って歩きました。初めて見る水の色は実にきれいでした。エメラルドグリーンというそうですが、グリーンというより、青に白を混ぜたような不思議な美しさでした。しばらく行くと下から登ってくる道がありました。

「ここを登ってくればよかったんだ。そうすればあんな苦労をしなくて済んだのに」

「ばかみたなあ、あれからもう少しだったのに」

と言い、私たちはそこから下に下りました。

志賀高原へ通じる道まで下りると、道の向こうに弓池がありました。弓池の水はすっぱいと聞いていましたので、私たちは、展望が開けて、頂上めがけて登るまでの道の左側に水溜りのような小さな池がいくつかあったので、そこへ行って、飯ごうのふたで水をすくって飲んでみました。

「すっぱくない」

「すっぱくない。この水を入れて炊こう」

と私たちはあたりにたくさん落ちている白い枯木や白くない木を集めて、ご飯を炊きました。白い木はよく燃えましたが、白くない木は全然燃えませんでした。それでもすぐ飯ごうは沸とうし、たちまちご飯は炊けました。缶詰や漬物をおかずに私たちはそのご飯を食べましたが、少し食べてから英男君が、

「すっぱいんじゃないか?」

と言いました。私もすっぱいと感じていましたので、「すっぱい」と応えました。

「変だなあ、さっき飲んだときはすっぱくなかったのに」

と言いながら、英男君は池の水を手ですくって口に入れ、

「やっぱりすっぱいや、それにめっこ飯だし……」

と言いました。確かにご飯はめっこ飯（芯まで炊けていない）でした。それでも二人で三分の二ほど食べ、残りは握り飯にして山を下りました。

二人で滑りながら登ったのはあのへんだな。時期も今ごろだった。あんな時代がまた来るのだろうか? 厳しい食糧難の今は考えられないが、またあんな時代が来たら、今度は浅間山へ行ってみたい。そんなことを考えながら、山を眺めていました。私はこの地の山々の風景がこよなく好きなのでした。

その好きな山々が、どうもすきっと見えません。左眼をふさいで見ると、白根山も、浅間山麓の六里ヶ原の低木も、もう使っていない元山鉄山の鉄索の線もはっきり見えます。それが、左眼だけで見ると、鉄索の線も見えないし、細かいところがぼおーっとしてしまいます。やっ

ぱり眼の病気だな――と思い、部屋に入って鏡を見ると、瞳孔は病室にいたときよりも大きくなっていました。毎日外科治療に行くのだから、眼科の診察も受けようと私は決めました。

そのころ、眼科の先生は木原先生といい、小児科が専門という話でした。現在のように各科に専門医がいるわけではなく、何科が専門であっても、先生がいない科に配置されたのです。木原先生は私の左眼を診て、硝子棒の先に半透明の軟膏《なんこう》を小豆《あずき》粒ほどつけ、上まぶたをつまんで持ち上げ、軟膏をその中に入れました。そして眼帯をし、「半日、このままにしていてくれ」と言いました。

右眼ほどはっきり見えないにしても、眼帯をしてまるで見えなくされたのでは、うっとうしくてたまりませんでしたが、先生の言うことを聞いて、午前中はそのまま我慢していました。昼食後眼帯を取ってみると、眼の前が真っ白で何も見えません。眼帯を取ったのかどうかわからないほどでした。眼の前で手を振ってみると、物が動くのはわかりました。鏡を見ると、上下のまぶたや眼の中にも、軟膏が溶けてぐしょぐしょになっていました。

このために見えないのだと思い、眼帯ガーゼをのばして眼をきれいに拭きましたが、それでも見えません。再び鏡を見ると、瞳孔がなくなっていました。驚いて、瞳孔はどこへ行ったとよくよく見ていると、虹彩《こうさい》が黒目いっぱいに拡がり、黒目のふちに茶色目が紐のようにあるだけでした。それを見て私は、先生は間違った治療、逆の治療をした、と直感しました。

当時私は、眼の病気としては虹彩炎と鳥目《とりめ》（夜盲症）しか知りませんでした。虹彩炎は大勢の患者が病んでいて、よく聞いていましたし、鳥目は一度自分でかかったから知っていました。しかし、瞳孔が拡がる病気に瞳孔を拡げる薬を入れるのは、明らかに間違っていると思ったのです。これではもう眼科へは行けない、と思いました。眼科へ行かずにこのままにしておけば、薬で拡がった分だけは間もなくもとに戻るだろうと思い、それきり眼科へは行きませんでした。

二、三日後、そのときそばにいた眼科の看護婦に会ったので、「あのとき先生は何軟膏を入れたのだ」と訊いてみました。看護婦は「アトロピン軟膏」と答えました。〝やっぱりそうか〟と私は思いました。アトロピンは瞳孔を拡げる薬だと、虹彩炎を病んでいる人から聞いて知っていました。虹彩炎は猛烈に眩しいので瞳孔が小さくなり、そのままにしておくと、縮んだまま虹彩が癒着《ゆちゃく》してしまうので、それを防ぐためにアトロピンをさして瞳孔を拡げておくのだということでした。私の場合、縮むのではなく、逆に拡がっていたのですから、それにアトロピン軟膏を入れるのは明らかに誤りだ、と私は思いました。

時間がたてばもとに戻ると思いましたが、なかなか戻らず、結局、軟膏を入れる前の大きさには戻りませんでした。視力は測っていませんでしたが、〇・八ぐらいあった視力が〇・五か四ぐらいまで落ちたのだろうと思います。右が一・五ありましたから、左眼はほとんど役に立たなくなってしまいました。右眼で物はよく見えるのですが、見当が狂うようになり、慣れない左手で火を扱うと火傷をするようになったのです。

十六　凶兆か恵みか、笹に実がなる

右手の親指の傷は、つけ根の内側の痛みが最後まで残りましたが、それも八月末にはすっかり治りました。治ってからでも、痛いところを上から押すと、ずきっと中が痛みました。

それよりも私にとって重大だったのは、傷が治っても、親指が内側へ曲がったままになってしまったことでした。関節は二ヵ所とも固定して、手のひらにつくほど折れ曲がったのです。わずかに指の根元から手首の方へ行く筋は上下とも動くので、多少手のひらから離したり、またつけたりすることができるだけで、親指としての役には立たなくなりました。

親指が役立たないと、他の四本の指の機能も半分以下になってしまいます。猿の親指と他の四本の指は対立運動をしませんが、もともと別々に機能するようにできていますから何の不自由もありません。しかし人間の場合、親指を失った四本の指は哀れなものです。それでも、その曲がった指を支えにして、細長い物は持つことができました。傷が悪かったときは、左手にフォークを持ってご飯を食べましたが、食べにくいので、傷熱がなくなってからは、包帯にフォークを挿して食べていました。包帯が取れても、フォークだけは何とか持てました。それ以上太くなると、たとえば包丁の柄などは持てませんので、実に不自由でした。

戦争が終わっても食糧難はまったくよくなら

ず、どんな不自由な手でも、何かしなければ飢え死にしてしまう、と思っていた矢先でした。笹の実がなって、みんな採りに行っている、ということを聞きました。笹の実がなるって、あの笹にどんなふうに実がなるのだろう、と不思議でしたが、そういえば、めったにこちらへ来たことのない不自由舎の人や義足の人などが、私の寮の横の六合村《くに》へ行く道を通っていくのをちょいちょい見かける。あの人たちも笹の実を採りに行っているのか。腰に小笊《こざる》や袋を提げているからきっとそうだと、どこへ何しに行くのかと思って見ていた疑問が解けました。

笹の実がなった。珍しい現象だ。いや、七十年だか六十年だかに一度なるんだそうだ。実がなると笹は全部枯れてしまうそうだ。笹の実がなるのは、不吉なことが起こる前兆だそうだ、などと皆がしきりに話しているのを外科室で聞いていました。しかしそのときは、その実が食べられるとは誰も言っていませんでした。粉にしてだんごにして食べると知ったのは、おそらく六合村の人か草津町の人か、実を採っている人から聞いたのでしょう。慢性飢餓症で栄養失調で、連日療友が死んでゆく園の患者が、これに飛びつかないはずはありません。義足の人も手の悪い人も、皆笹やぶへ出かけて行ったわけです。

そうと知ったら、私もじっとしていられません。さっそく栗拾いに使っていた袋を持って出かけました。最初に開墾した畑と、薪にする木を伐ったところの谷は一面の笹原でした。まず、そこへ行ってみよう。ついでに畑もどうなったか見てこようと思い、行ってみると、じゃがいもの葉はすでに枯れて、地面に朽ちてへばりついていましたが、茎はいくらも伸びていませんでした。――やっぱりだめだったなあ、これでは掘っても大豆ぐらいのいもしかついてないだろう――。かぼちゃのつるは枯れてはいませんでしたが、去年同様で、実もついていませんでした。がっかりしながらも、あきらめはつきました。

笹原の方を見ると、ふだん生えている笹とは別に、笹と同じ太さで背丈も同じ、葉のない茎だけのものが地面から生えていて、先端にぱらぱらっと十粒実のついた、みすぼらしい稲の穂のようなものがついていました。〝これだな、笹の実は〟と思い、右手でそれを引きよせ、左手で扱《こ》いでみると、曲がった指でも簡単に実は取れて、手のひらの中に残りました。玄米ほどの大きさと形で、灰茶色をしており、表面の皮はつやつや光っていました。手のひらの中の粒はやはり十粒ほどでした。

そんなみすぼらしい穂はそのへんにいっぱい生えており、しばらくそこで採っていましたが、容易に袋の底にたまりませんので、もう少し大きい笹のところへ行こうと考え、畑の上へ上って反対側の谷の傾斜へ行きました。そこは南向きの傾斜地で、六合村の領分でしたが、開墾畑のあたりの倍ぐらいの背丈の笹原が、百メートルほどの幅でうねうねと、西の方へどこまでも、といっては大げさですが、ずっと続いていました。そして実のついた穂も、笹の丈と同じく大きく、間隔もそう空かないで生えていましたので、あまり移動せずに採ることができました。気がつくと、その広い傾斜の笹原に、あちらに一人、こちらに一人と、ほとんど全体に人がいました。皆黙々と夢中で採っているのでした。午前中に約五合（九リットル）ぐらい採れました。

午後、また同じところへ行ってみると驚きました。今度は人がいるわいるわ、少し大きい声で話せば会話ができるほどの距離で、広い笹原が埋まっていました。皆楽泉園の患者で、知った顔ばかりでした。

「ずいぶんいるなあ」

と隣りにいる男に声をかけると、

「どこへ行ってもこんなんだよ」

とその男は応えました。それはそうでしょう。楽泉園のあたりから白根山頂近くまで、どこもかしこも笹が生えていて、それにいっせいに実がなったのですが、楽泉園の患者はそう遠くへは行かず、園の周辺だけで採りましたから、当時千二百人以上いた患者のうち、手足の不自由な人や義足の人まで、おそらく全患者の半数以上が採りに出たろうと思います。

それでも、採れる量に違いはあっても、なっていなくて採れないということはありませんでした。量の違いは、手足が悪いなどその人の能力の違いでした。手足の良い人、特に両手が満足な人は、両手で一本ずつ、二本の穂を一度にしごき取ることができますから、それだけ量が多くなります。私など右手で穂を引きよせ、左手で扱ぐわけで、しかもその左手の指も曲がっているのですから、しゅっという扱ぎ方はできません。慎重に、ゆっくりとしごいて袋に入れているので、大した量は採れません。それでも四日ほど行って、約四升（七リットル）ほど採りました。三日目ぐらいから、触れるとぱらぱらと実が落ちる穂が出はじめ、四日目には落ちない穂の方が少なくなり、結局自然に皆落ちてしまい、賑やかだった笹の実採りは終わりました。

確か千葉寮の、私の寮から五つめの寮の奥野乙宗さんに頼んで、手回しの石臼で粉に挽《ひ》いてもらったと思いますが、粉にして二升（三・六リットル）以上ありました。

初めて食べる笹の実のだんごは、当然のことながらそれまで食べたことのない味と舌ざわりで、表現のしようがないものでした。強いていえば、うるち米の粉に石の粉末を混ぜたような、といっても石の粉を食べたことはありませんが、とにかくそんな感じの舌ざわりと味で、うまいともまずいともいえないものでした。笹は「イネ科、竹属の植物。実はだんごにして食べる」と事典にありますから、昔から食べていたのであり、調理の仕方でもっとおいしく食べられたのかもしれませんが、そのときはそんな余裕はなく、飢えていたのですから、野菜を煮た汁の中にだんごにして入れ、岩塩で味つけしただけで食べたので、うまいはずがありません。それでも一とき腹の足しになり、大いに助かりました。

ところで、奥野さんはなぜそんな手回しの粉挽用の石臼を持っていたかということですが、奥野さんだけでなく、園内の療友の中に何人も同じ臼を持っている人がいたのです。私が入園して間もなく、夫婦舎で、残飯を干飯《ほしいい》にしてそれを粉にし、その粉と干さない残飯を混ぜて、摺り鉢の中ですりこぎでつき、それを蒸し鍋で蒸してだんごに丸めて、きな粉や小豆あん、砂糖じょうゆのたれなどをつけて食べるのがはやりました。誰か、六合村の人か草津町の人から石臼を手に入れた人が始めたのでしょうが、園内では誰か一人がそういうことをすると、我も我もと同じことをするのが当時の風潮でした。六合村には使わなくなった石臼がありましたので、何人もの人が臼を買ってきて干飯を粉に挽いていたのです。その臼が思わぬところで役立ったというわけでした。

十七　豚のために全員半食

天皇の一言で何の抵抗もなく武装解除した日本の軍隊でしたが、そのうちに将校クラスの軍人がトラックで衣類や食料品を運び出し、いずこかへ持ち去っているとか、敗戦後の混乱したいろいろな話が園内にも伝わってきました。けれどもそれはあくまで単なる話として伝わってくるだけで、療養所の生活に何の影響も、変化も与えませんでした。

と、ひとくくりにいえば、多少事実と違っているかもしれません。というのは、在園者の中にも、衣類や腕時計などの貴重品を持って六合《くに》村や長野原町、嬬恋《つまごい》村の方まで出かけてゆき、物々交換で食べ物を手に入れてくる人が出はじめていたからです。しかしまだそういう人は、軽症者で物もちの、ほんの一部の人に限られており、私たち大部分の在園者は相変わらず、飢えとの闘いを続けていたのです。

それでも自分の家のかぼちゃもいくつか穫れたし、汽缶場のボイラーが直って、ひじきや里いもの混じった麦ばかりのご飯でも、給食から炊いて出してくれるようになっていましたし、主食代替のじゃがいもやさつまいもも少しは量が増えて、いくぶんしのぎやすくなってきてはいました。

この年は、なりものの当たり年でもあったのでしょう。九月半ばになると、栗を二合拾った、三合拾ったという話が聞こえてきました。寺子屋もどきの「栗拾い尋常高等小学校」の出身者ですから、私も楽泉園の近辺でどこへ行けば栗が拾えるかよく知っていました。それで、半日で行ってこられるところへ、袋を持って出かけてみました。

ところが、以前拾えたところの木はほとんど伐り尽くされていて、伐るのが大変な大木があちらに一本、こちらに一本と残っているだけでした。もともと寒冷地の芝栗は暖い土地の芝栗より小さいのに、そうした大木になる実はさらに小さく、皮をむくのが面倒くさくて拾う価値もないものですが、それでも栗は栗なので拾って帰ったものの、二合拾えればよい方でした。皮に傷をつけ、フライパンの中で転がして焼いて食べましたが、腹はふくれません。遠くまで行かないと、量は拾えないと思いました。

彼岸に入ってからじとじと降る雨が三日ほど続き、夜になってから、ことこと、ことことんと硝子戸が小さな音を立てる程度の風が出てきました。遠くへ行ってくるなら明日だな――と思っていると、隣室の完田さんが、

「あす朝はよう、田代っ原へ栗拾いに行かまいか」

と声をかけてきました。私は「行きましょう」と即答しました。何人も一緒に山へ行くのは困るが、一人では心細い。二人で行くのが一番よいのでした。

隣室の住人は、私たちから数えて四代目になっていました。加藤さんは冬の寒さと強い風にこりて、一軒おいた前の寮が空いたので、同じ

西側でしたが、三月ごろ引越してしまい、そのあとへ五東さんという、やはり独身男性が百円払って入りましたが、この人は独立家屋の男性のところへ住込みで介護に行くといって三ヵ月ほどで出てしまい、そのあとへ完田さんが、百円払って引越してきたのでした。

翌朝、二人は三時過ぎに家を出ました。暗いうちに現場へ着いて、夜明けを待つというわけでした。そうしないと人に遅れをとるからです。田代っ原へ行くには、園の北側から急坂を下りて、現在は湯の湖のダムの底に沈んでいる品木部落を通って反対側の山へ上って行くのでした。品木部落から少し上ると道は二つに分かれていて、どちらへ行っても田代っ原で、どちらにも栗はありましたが、私たちは左側の道を行くことにしました。東の空が白んできて、見当がつくようになったので、このあたりと思うところで道からはずれ、林の中へ入っていきました。

雨はやんでいましたが、あれから風もそう強くならなかったらしく、林の中の低い木の葉はびっしょり濡れていて、服がすぐ濡れてきました。少しの間、立ったまま休んでいると、栗のイガが見えるようになりました。そのそばをよく見ると栗も見えるようになり、明るさはたちまち増してゆきました。

私は左手に袋を持ち、右手の曲がった親指を支えにして、四本の指ですくうようにして拾いました。完田さんは手がよいので、ぴょいぴょいと移動しながら拾ってゆきます。私は自分の周りを拾うのに時間がかかり、すぐ完田さんと離れてしまいます。他の人もぽつぽつ来て動いていましたし、あまり離れるとはぐれてしまうので、近くへ移動しなければなりませんでしたが、その際、まだ離れていると思った木の枝が眼をこすりそうになったり、そこにあると思った木がだいぶ離れていたり、平らだと思って足を出すと土が高くなっていてつまずいたり、危なくて手を前にかざして歩かなければならない状態でした。

栗を拾おうとすると突然眼の先に折れた木が立っていたりして、気がついてはいたのですが、左眼と右眼の視力が違いすぎて、距離の測定ができないためにこういう結果になるのだと気づき、改めてアトロピンを入れた木原先生に腹が立ってきました。

人が大勢になって、山が賑やかになってきましたので、私たちは切り上げて帰ることにしましたが、そういうわけで、完田さんは五升以上拾ったのに私は三升足らずしか拾えず、自分が不自由な体になったことを思い知らされました。

九月の末か十月の初めだったと思います。兵隊から帰った弟が、少しばかりのうどん粉やそば粉などの食べ物を持って面会に来ました。宇都宮が空襲されたときの恐ろしさや、兄の消息はまだないが、戦死の通知もないので、生きていていずれ帰って来るだろうということ。また、弟は旋盤工でしたが、鉄工所へは戻れないだろうし、これからどうしようと考えているが、何をしてよいかわからない、などという話をし、一晩泊まって帰りました。

敗戦による混迷と虚脱と、渾沌とした世相に、弟は進むべき方向を見出しかねているようでしたが、身体が健康なのだから、やがて自分に合った職業を見つけ出すだろう。兄が帰れば家の方は安心だし、と私はそのとき思いました。

秋も深まり、収穫するものは大根と白菜だけで、あとは冬に備える風除けや、来年の堆肥にする落葉かきなどをするだけになった十月の半ば過ぎだったと思います。藤原先生から同窓会の者に対して、炊事場の前の馬小屋へ集まるよう、召集がかかりました。同窓会というのは、藤原教室の生徒で昭和十八年三月までに卒業した者を、第一期同窓生として区切ったのでした。秋には栗、とうもろこし、かぼちゃ、大根、白菜の漬物などで月見会をし、正月にはまぜご飯を炊いて新年会をするなどして、親睦をはかっていたのです。とうもろこしや大根、白菜は自分たちで畑を開墾し、種をまいて収穫し、漬物を漬けました。子供のころから小人数で、そうして絶えず集まっていましたから、兄弟のような親密感がありました。

メンバーは万馬君と私と滝修君が一番年上、一つ下に笹木英男君、その下が井村茂兵君が一人で、その下が高野三六、角一美、内海一二、原口真二、大童太吉、吉原昭造、大場すぎ、高尾民子、吉川芳子と九人いました。その下に佐野一太、山元締市、岡義雄と、全部で十六人でした。

その日馬小屋へ集まったのは、滝、岡、近間の各君と女子を除く全員だったと思います。藤原先生がそういう場所へ召集するのは仕事をさせるときですから、「先生は、変な仕事を引き受けなければいいのに」などとぶつぶつ言いながらも、お互いの親密さから、身体の具合が悪いとか、どうしても出られない事情がない限り、出ていくのでした。

仕事は、馬小屋のはめ板を二重にして、間へおがくずを詰めるというものでした。馬は二頭おり、雪が積もれば馬そり、雪のないときは馬車として草津町や官舎、園内に荷物を運ぶ役馬でした。炊事主任の山口馬吉が非常に大事にしていて、馬が寒いからそうするというのでした。

世話係や青年団、入園者全体などを対象に仕事をさせるときは加島が直接命令しましたが、こうした小さい仕事は、五日会会長である藤原先生に、適当な者にやらせるよう言いつけてきたのです。それが今回は適当な集団が見つからず、同窓会に回ってきたのでしょう。

高野君、原口君、佐野君といった手足の良い者がはめ板を打ち、私たちはおがくずを運んで、打ったはめ板の間へ入れていました。よく晴れた風もない、動けば汗ばむような秋の日の午後でしたが、その天気とはうらはらに私の身体はひやひやぞくぞくとし、顔はもやもやして不愉快でした。病気が騒いでいる証拠で、暗く心が沈んでくるのでした。他の連中はそうではないので、がやがや喋りながら仕事を続けていまた。

その私たちの前をA君とB君が、炭俵で作った担架に荒縄をつけて肩にかけ、両手で担架の棒を握って重そうに、豚舎の肥《こえ》を乗せて運んでいきました。私たちはいっせいに二人の方を見ましたが、それは一瞬で、皆すぐ顔をもとに戻し、二人の方を見ないようにしていました。だが、一瞬見た二人の眼からは涙が溢れ、両手がふさがっているので拭うこともならず、涙は頰を伝わってあごから下へ落ちていました。

二人は、豚にいたずらをした罰として、中央会館の庭の周囲や、病棟の庭の土堤の上にかぼちゃをまく床を作るための穴を掘り、その穴へ豚舎の肥を運んで入れることを命じられて、やっているのでした。二人は佐野一太君や山元締一君などと同年輩で、まだ少年というべき年齢でした。私たちの前を通る恥しさと、仕事のつらさと、それをやらされている屈辱感がこみ上げてきて、涙を止めることができなかったのでしょう。

「あの二人、いつまでやらされるんだ?」

と誰かが小声で言いました。

「一週間というから、あと三、四日じゃないか」

「そうか、気の毒になあ……」

ささやきはそれで終わり、あとは誰もそれにはふれませんでした。

確かに、四日ほど前です。食事運びのため、私が天びん棒を担いで図書室の横まで行くと、一番先に出てきた、千葉寮の前の方を受け持っているご飯取りの女性が、

「今日は半食だから、軽くていいよ、ハハ」

と、笑いにならない笑い方をしてすれ違っていきました。何を言っていったんだろうと思っていると、続いて下地区へ行く連中が、がやがや興奮して喋りながら近づいてきました。一度に皆が喋るので聞きとりにくかったのですが、こんな言葉が聞こえました。

「馬のやろう、ひでえことを言いやがる。叩き殺してもいいと言いやがったぜ!!」

「らい病患者は何の役にも立たねえとぬかしやがった」

「いくら何でも全員半食はひどいよなあ」

こうした断片的な言葉だけでは、事柄の全容はわかりませんでしたが、患者の誰かが悪いことをしたのに対して炊事主任の山口馬吉が怒り、全員半食にしたということだけはわかりました。私も行って、自分の持ち帰る飯器を棚から下ろしてふたを開けてみると、なるほど、いもなどは混じっていませんでしたが、押し麦ばかりのご飯が、底が隠れる程度に薄く入っていました。かきよせて茶碗に盛れば、三杯あるかどうか？　三人分だから、これでは半食以下だと思いながらそれを担いで帰りました。当時は三度ご飯が出るようにはなっていましたが、主食代替としてさつまいもなどが配給になっていたので、ご飯そのものの量はもともと少なかったのです。その半分ですから、空飯器を担いでいるような感じでした。

帰ってきて、理由はよくわからないが半食であることを伝えながら飯器を配り終えて、共同水道のところへ行くと、先刻のご飯取りの女性がいたので、どういうことかと訊いてみました。

女性の話はこうでした。戸が開いたので、外で待っていたご飯取りがいっせいに中へ入り、棚から飯器を下ろしたが、すぐ軽いことに気づいた人がふたを開けてみて、ご飯が少ないと言うと、他の人も開けてみて、皆少ないので、中の職員にご飯が少ないがどういうわけだと訊くと、職員が「今日は全員半食だ」と言うので、なんで半食なんだと、わいわい騒ぎ出した。すると山口馬吉が出てきて、こうがなりたてたというのでした。

「誰か豚にいたずらしてけがさせたんじゃ。犯人がわからんから、皆の責任じゃ、だから全員半食じゃ。皆で犯人を探し出して連れてこい。探し出してぶっ叩いて連れてこい。ぶっ殺してもかまわん。豚は役に立つが、らい病患者は何の役にも立たん。そんな奴ぶっ殺してもいい。犯人を連れてくるまではずっと半食じゃ……」

この山口馬吉の発言は、昼食後すぐ全員に伝わりました。

「たたっ殺してもいいとは、馬のやろう、ひどいことを言うもんだなあ……」

「まったくだ。白豚とか畳豚《たたみぶた》と職員が言ったということは聞いたことがあるが、豚より劣ると言われたことはないんじゃないか?」

「ぶっ叩いてやりたいのは馬の方だ……豚に傷つけたくらいでたたっ殺されてたまるか?」

といった具合で、犯人に対してよりも、山口馬吉に対する憤激で、園内は騒然となっていました。

五日会も、何とか全員半食はやめてもらいたいと、加島や山口に必死で頼んだようですが、山口の怒りは強く、とうとうその日の夕食も全員半食でした。たまりかねたA君とB君が、「特別病室」入りでもどんな罰でも受ける覚悟をして、「私たちがやりました」と名乗って出たのでした。その結果が、かぼちゃの苗床の穴掘りと、豚舎の肥をその穴に入れるという懲罰になったのでした。

ところで、こうした懲罰としての苦役は、いかなる規定にもない不当なものでした。園長に与えられていた「懲戒検束権」の正式名称は「国立癩療養所入所患者懲戒検束規定」というもので、そこには、所内に植培せる草木を傷つけたときとか貸与品を汚したとき、職員の指揮命令に従わなかったとき、逃走したり、それを企てたり、また逃走をほう助するなど秩序を乱したり、わいせつ、飲酒、とばく、騒じょう等々、そういうことをした場合検束する、とありました。要するにあれを検束しようと思えば、普通に生活している者を右のいずれかに引っかけて検束することができる規定だったのです。

検束した者は、所長の定める室（監禁室または「特別病室」）で静居させ、二分の一の減食を併科することができることになっていました。けれども、苦役を命じることができるという罰則はどこにも書いてありませんでした。「療養所入所患者」と頭についている以上、強制労働を罰則として掲げることはさすがにできなかったのでしょう。

それに、当事者以外を同罪にできたのは逃走ほう助と騒じょう煽動だけです。犯人が出るまで共犯として全員半食など、無茶苦茶なことです。その無茶苦茶を、園当局は平然とやってのけたのでした。何の権限もない一炊事主任である山口馬吉の言うがまま、加島や霜崎事務官たちがそれを許したわけです。彼らはそのとき、患者に対して何をやってもいい、懲戒検束規定にあろうがなかろうが、そんなこと問題ではない、と思っていたと想像されます。虎の威を借る狐の山口馬吉などは、本当に「たたっ殺してもかまわん」と思っていたかもしれません。

歴史に〝もしも〟ということはありえないことですが、もしもこのとき患者たちが、日本は戦争に敗けた。軍隊も特高警察も解体された。政府も混迷していて、すでに園の幹部を支える権力はない、ということを敏感に読み取っていれば、逆に山口馬吉や加島を袋叩きにしたでしょう。そうされても彼らを助ける者はなく、手も足も出なかったはずです。けれども患者は、長い間「特別病室」で脅かされ、抑圧され続けた結果、ふたを開けても箱から出ようとしない兎のようにそれに慣らされ、精神的に萎縮してしまっていて、陰口としては「馬の方をぶっ叩いてやりてえよ」と言っても、実際の行動は何もできませんでした。

一方、加島や霜崎など園の幹部たちもそのことにはまったく鈍感で、自分たちの権威が失われることはなく、患者支配はこのままずっと続けられると思い込み、自らの墓穴を掘っていることには夢にも気がつかなかったのでしょう。だが、敗戦という激変は、いずれ療養所にも影響しないはずはなく、それから一年十ヵ月後の昭和二十二年八月、日本共産党の支援を受けて患者が決起、一大「人権闘争」によって「特別病室」の残虐さが日本国じゅうに知れわたり、霜崎、加島、山口らの不正が暴露され、園の幹部たちほとんどが追放されることになるのです。

それはともかく、私たちはその日、馬小屋の仕事をしていましたが、A君とB君はその間何回も私たちの前を、豚肥の担架を担いで通りました。

十八　傷丹毒と鈴木義夫君の獄死

いくぶん食糧事情はよくなったとはいえ、大人の身体を維持するに足る給食ではなく、長い間の栄養不足から、患者たちはちょっとした病気であっけなく死んでゆきました。

十月末に、同じ村から来た田根政一さんが入室したというので、病室へ行ってみました。彼は大変喜んで、頭を上げて半身を起こそうとしましたが、すでに起きてベッドに座ることはできなくなっていました。再び頭を枕につけた田根さんに、どこが悪いのかと訊くと、風邪をひいて診察を受けたのだが、先生にあちこち悪いから入室しろと言われ、入室したら急に身体が弱って、自分でもどこが悪いかよくわからない、と言うのでした。

病室から帰る途中、叔母のところへ寄ってこのことを話しました。田根さんは叔母と同じ字《あざ》、つまり私の母と同郷の人でした。叔母は、

「それは大ごとだなあ……。だけど、どうしてやりようもないしなあ……」

と言っていました。叔母はそのとき、足の傷で部屋の中を動くのがやっとでした。従兄《いとこ》は眼を悪くし、自分の用を足すのも容易でないほど不自由になっていました。それで私は、田根さんはあの状態では長くない、できるだけ行って、ついていてやろうと思いました。ついていても、野口さんのときのように用事があるわけではないと思うが、誰にも看取られずに最期を迎える

のは可哀想だと思ったのです。

寮友たちは、雪が降る前に少しでも多くと、来年の堆肥にする落葉かきを必死でやっていました。が、私は、物を強く握ると曲がった右手の親指のつけ根が痛いし、栗拾いに行ったときの経験から、山の中へ入るのは危険だと思っていましたし、病気の悪化による不快感もあって、身体はそれほど大儀ではありませんでしたが、落葉かきをする気にはなれませんでした。その時期、落葉かきをしなければ他にすることはなく、かといって毎日ぼぉーっとしていられないので、知人や、知人でなくても本を持っていると聞けば誰でも訪ねていって、借りてきて読んでいました。

当時図書室は第二浴場（現在の藤の湯）の建物の一角にあって、演芸部座長の井上健一さんが作業で図書係をしていて、貸し出しもしていましたが、私は入園当時からそこから本を借りてきて読んでいましたので、読みたい本はなくなっていたのです。

図書室には約四メートル、三メートルの幅の棚が二つ、各五段ぐらいのところに本が並べてあり、江戸川乱歩とか大木高太郎などの探偵物から、久米正雄、菊池寛など結構ありました。そういう本は天城舎時代にほとんど読んでしまい、看護人時代は夏目漱石や芥川龍之介、志賀直哉なども読んでしまっていました。志賀直哉は『清兵衛と瓢箪』とか『小僧の神様』『赤西蠣太』などは非常に面白く読みましたが、『暗夜行路』はよくわからず、坪内逍遥の『役の行者』にいたってはまったくわかりませんでしたが、他に読む本がないので全部読んだのです。戦争中は全然新しい本が入らなかったので、図書室には読みたい本はなくなっていたのです。井村茂兵君は、この図書室の棚のすみに積んであり、崩れて床に落ちて人が踏んづけたりしていた『科学朝日』を借りてきて読んでいたのでした。

そういうわけで私は人に本を借り歩いていたのですが、千葉寮の土堤下の、農園へ下りていく道の左側に、湯之沢から移築した家が四軒あり、そのうちの一軒に住んでいた大和武夫さんが本をたくさん持っていると聞いたので行ってみました。この人は師範学校を卒業しており、一年半後の「人権闘争」のときに患者総代をやることになる人でした。行ってみると、なるほど立派な本棚に本がびっしりと並んでいました。

しかし、文学物は皆読んだ本であり、そうでないものは難しい題名の本ばかりで、借りる本はないと思っていると、大和さんは部厚い一冊を抜き出して、これを読んでみなさいとすすめてくれました。それはルソーの『民約論』という本で、読むには読みましたが、少しもわかりませんでした。わずかに、人民は皆平等であり、富も平等でなければならないというようなことが書いてあるんだな、ということがわかるくらいでした。

それで大和さん宅はあきらめて、田根さんのベッドのそばで読む本を松本さんのところへ借りに行きました。ここも友人ではありませんでしたが、本があると聞いたので行ったのです。ご主人は留守でしたが、奥さんが、ろくな本はないがよかったら見て持っていったら、と言うので上ってみましたが、ここは四畳半一間で狭いので、押入れの上に棚を作ってそこに並べてありました。奥さんは踏み台を持ってきてくれて、ここへ上がって見るようにと言ってくれました。宗教書が多い中に『第二貧乏物語』というのがあったので、それを借りて帰りました。私も貧乏だったので、貧乏で苦労をした話なら面白いだろうと思ったのです。

その本を持って行ってみると、田根さんはもう起き上がろうとする力もなく、眼を開けて「ありがとう」と言っただけでした。夕食までここにいるから、用事があったら言うようにと言い、私は隣りの空きベッドに腰かけて、借りてきた本を開きました。

開いてみて驚きました。それは、貧乏で苦労した物語ではなく、資本家と労働者の関係をわかりやすく説いた経済学の本でした。著者の河上肇という学者はこの本の出版後三年して投獄され、以後筆を絶つことになったが、この『第二貧乏物語』は、広く労働者に読まれた有名な本であると知ったのは、ずっとあとになってからのことです。また難しい本を借りてきてしまった――と思いましたが、本はそれ一冊しか持ってこなかったので、読んでゆきました。××印の伏字が頻繁に出てきてよくわかりませんでしたが、伏字でないところの文章はわかりやすく、それに工場、機械などは生産手段、それらを持っている者は資本家、労働者は労働力を売る、剰余価値、中間搾取などというそれまでまったく知らなかった言葉や事柄は興味深く、ためになると思いながら読みました。

それから三日ほどして、田根さんは亡くなりました。どこが悪いというはっきりした病気はなく、結局、栄養失調による餓死のようなものでした。

田根さんが亡くなってすぐ、今度は演芸部で一緒に芝居をし、それ以後ずっとつき合ってきた田上さんの奥さんの具合が悪くなり、一週間ほど毎日見舞いに行っていましたが、この人も亡くなりました。

こうして、見舞いや通夜、葬儀などに明け暮れ、昭和二十年の秋は終わりました。

十二月の二十日前後、はっきり日にちは覚えていませんが、その日、私は昼過ぎから、今日は寒い日だなあと思っていました。すでに楽園はすっぽりと雪に覆われ、冬本番を迎えていました。それにしても寒い、と思っていましたら、夕食後身体が震えるほど寒くなりました。もしや？　と思い左足の足袋を脱いでみますと、やはり親指から甲にかけて赤く腫れていました。このためだ！　傷熱《きずねつ》だ！――と思いましたが、もうその時間ではどうしようもありません。

実は、私の左足の親指の腹には大豆ぐらいの大きさのまん丸い傷がずっとあったのです。笹の実採りか栗拾いに行ったときか、どっちだったか忘れましたが、摩擦水泡を作り、周りは治ったのですが、一番力の入るそこがどうしても治らず、丸い傷になっていたのです。足は両足とも、手より少し遅れて麻痺していました。手と違って、足は麻痺していても歩くには差支えなく、また傷があっても痛くないので、治療しては歩いていたのです。その傷からばい菌が入ったのでしょう。

今度は足か——と思いながら、私は早々に床に入りました。床に入っても悪寒《おかん》は止まらず、震えながら不安な一夜を過ごしました。

翌朝見ると、腫れは足首の上まで来ていて、真っ赤になっていました。手の指のときも赤くはなりましたが、これほどの赤みはありませんでした。これはよほど悪い菌が入ったのかもしれないと、その足をかばいながら外科診察に行きました。先生は一目見て、

「傷丹毒《たんどく》だ、入室してくれ」

と言いました。

私はそれまでに、顔がぱんぱんに腫れて、そこへコールタールのような真っ黒い薬を塗っている人を何回か見たことがありました。そういう人は皆丹毒だと聞いていました。しかし、傷丹毒というのは初めて聞く言葉であり、自分の足がそうなったと知って驚愕しました。——いったいどうなるのだろう？　足を切断するようになるのだろうか？——

こうして私は、その年二度入室することになったのです。今度は第三病棟でした。私と原子

さんが看護人をしていた病室です。原子さんは手の神経痛で看護人をやめていました。私は四号室の、田根さんが亡くなったベッドの隣りベッド、腰かけて『第二貧乏物語』を読んだベッドに入れられました。

そしてさっそく、足首から先全体にコールタールそっくりのイシチョールという薬を塗られ、氷枕と氷嚢《ひょうのう》で上下から冷やしてもらいました。飲み薬と注射も出ましたが、悪寒は止まらず、その日の夕方には膝のところまで真っ赤に腫れてきました。看護人はそこにも全体にイシチョールを塗ってくれました。塗った上にガーゼを貼り、その上に油紙を貼っておくのですが、この薬は乾くとばりばりに固くなり、はがすのが大変でした。足首から先は麻痺していない部分はありませんでしたが、足首より上は、裏側はほとんど麻痺していません。ですからそこをはがすときは、めりめりっと皮膚も一緒にむしり取っているのではないかと思うような痛さでした。

三日目ぐらいに膝下の赤みがとれ、少ししわが寄ってきました。そうなると早く、足首のところまでの色はすっかり褪せて、足が細くなってきました。けれども足首から先は色も変わらず、腫れもひきませんでした。そして親指はず黒くなってきました。

「開かなければだめだな」

と先生は言い、親指のつけ根から爪のところまで切り開きました。そして、

「骨もだめになっている」

と言って、リュールという骨を取る道具を傷口に押し込み、ぼりぼりっと親指の骨を全部取ってしまいました。これが足の指をすべて失うことになる原因であり、始まりでした。というのは、歩くとき一番力が入るのは親指です。その親指の骨がなくなれば、力は次の指に強くかかります。その指のつけ根に傷ができ、骨にかかるということになってつぎつぎに指を失っていくことになったのです。

骨を取ってから甲の腫れもひいてきましたが、傷はなかなか治らず、二十八日の御用納めが来てしまい、昭和二十一年の正月は病室で過ごすことになりました。初めてのことでした。入室患者も、そう悪くなければ三が日の間とか七日までとか一時部屋へ帰してくれるのですが、私の場合、帰れば治療ができないので、帰るわけにはゆかなかったのです。

三が日の朝は、炊事から出る汁に看護人が各人から餅を集めて焼いて入れ、雑煮を作ってくれるので、それを食べて正月のような感じで過ごしました。

四日の日の午後、同窓会の人たちが、見舞いがてらかわるがわる鈴木義夫君の獄死について話しにきてくれました。皆昂奮ぎみに話すのでした。

「今日は大変だったよ」

何があったんだと訊くと、

「鈴木義夫知ってるだろう、天城にいた。あれが重監房で死んでなあ。藤原先生が出しに行ってくれと言うんで、同窓会で出しに行ってきたんだ……」

「鈴木義夫、あんなところに入っていたのか？　何であんなとこに入っていたんだ！」

「先生は殺人容疑だと言っていた。先生もよくわかんないらしい。今夜、同窓会でお通夜をし、明日同窓会で火葬するんだって……」

「そうか、それは大変だなあ……。俺は手伝えなくて悪いなあ……」

と私は言うだけでした。

この鈴木義夫の獄死については、弟・沢田五郎が『とがなくてしす』（皓星社刊）でくわしく書いていますので、ここで私は書きません。ただ、鈴木義夫の遺体を監房から運び出し、火葬したのも同窓会だったので、そのときの様子を、出しに行った者から聞いた範囲で記しておきます。

当時「特別病室」に入っている人は、生きていると死んでいるとにかかわりなく、加島の言いつけで世話係が出してくることになっていました。鈴木義夫のときも、加島は世話係主任に、出してくるよう言いつけました。しかしこのとき、世話係は誰一人行くと言わなかったというのです。理由は「正月早々から俺は嫌だ。誰か他の人に頼んでくれ」ということだったといいます。

理由としてはそれだけで充分であり、立派なものですが、疑問に思うのは、なぜこのとき世話係はそう言って断わったかということです。というのは、それまで世話係は盆、正月を問わず、加島の言いつけなら火葬場の修理でも、牛の密殺解体でも何でもやってきたのです。拒んだことはないのです。それを断わったということは、敗戦による国の権威の失墜で、加島にも権力はなくなっている、言うことをすべて聞く必要はない、という意識が世話係にあったからではないかと思うのです。誰にも訊いてみませんでしたから、本当のところはわかりませんが、そういう意識がなければ拒むはずがない、と私は思うわけです。

世話係に断わられた加島は、五日会会長である藤原先生に「藤原、お前の責任ですべてを処理しろ」と厳命したに違いありません。藤原先生にしてみれば、世話係が断わったものをどこに持っていきようもなく、同窓会ということになったのでしょう。

それに鈴木義夫は、数ヵ月でしたが「望学園」に通っていて、藤原先生にとっては教え子でした。その教え子が一昨年の昭和十九年十月二十三日に投獄されたのをまったく知らず、二十年の五日会としての年末訪問で初めて知り、出してやってくれと加島に頼んだ経緯もあって、自分の責任で、同窓会の手を借りて葬ってやりたいという気持ちもあったと思います。

出しに行ったのは馬小屋のときのメンバー、井村茂兵、高野三六、内海一二、原信吉、大童太一、佐野一太、山元締一などでした。笹木英男、万馬修、私などのように身体を悪くしていない男は全員行ったわけです。

午後から皆がかわるがわる来て、そのときの模様を話してくれたのですが、一番くわしく話してくれたのは佐野一太君だったと思います。彼は夕食後来て、お通夜に行くまでの間、私のベッドに腰かけてぽつぽつと話してくれました。

それによると、藤原先生に連れられて鈴木義夫の房の前へ行き、太い角材の格子の内側に板が張ってある、一メートルちょっとの正方形の入口の扉を開け、中を覗いたが、中は薄暗くてよく見えない。その中に鈴木義夫が死んでいると思うと気味悪く、誰も入っていこうとしなかった。藤原先生が体を丸めて入っていったので、佐野君も続いて入った。あとから二人入ってきたが、房の中はそれでいっぱいで、あとの者は外にいた。

扉の反対側にかけ布団が壁について、少し盛り上がっていたので、鈴木義夫はその中にいるのだと思ったが、あまり嵩《かさ》が低いので、あの大きな鈴木義夫が本当にこの中にいるのだろうかと思いながら布団をめくると、鈴木義夫はあぐらをかいた状態で頭を低く下げ、丸くなって死んでいたということです。

髪の毛が伸びて膝に届いていて顔が見えない。肩に手をかけて起こそうとしたら、あぐらも一緒に上がってくる。かちかちに凍っていたのです。髪の毛だけがずるずるっと動いて、手にまつわりついてきた。ひえーっと驚いて手を離すと、死体はもと通りになった。爪は、親指や人さし指、中指などは折れたのか噛み切ったのか両手とも短かかったが、小指や薬指は長く伸びて捩《よじ》れたように曲がっていた、ということでした。それはそうでしょう、投獄以来四四四日間、その間一度も外へ出してもらえず、爪切りや鏡はおろか腰紐さえも与えられず、入れっ放しにされたのですから。

二人で上下を持って入口から運び出したが、一人でも軽々持てるほどの目方しかなかった。おそらく四貫目（約十六キロ）ぐらいしかなかったんじゃないかなあ、ということでした。敷き布団を出そうとしたら床に凍りついていて、無理に取ろうとしたらかわが切れてしまったので、綿を丸めて担架に乗せてきた、と言っていました。

こうして運び出した鈴木義夫の通夜を、その夜六時から、前記女子三人と藤原先生の奥さんを加えて、沢庵漬や白菜の漬物、かぼちゃ、じゃがいもなどを持ちより、同窓会だけで、通夜堂でやったのです。通夜堂は、第三病棟と恩賜治病棟と間の狭い土地に建てた、十坪住宅ほどの小さな建物でした。そのころ、入園して間もない人も多く亡くなり、そういう人はどの宗教にも入っていないし、通夜に来る人も少ないので、病棟の至近距離に小さな通夜堂を建てたのです。

六時になったので、通夜に参加できない私はせめて廊下に出てお参りしようと思い、左足をひきずりながら、廊下のガラス戸の側まで行きました。通夜堂の灯りはすぐそこに見えましたが、鐘の音も読経の声も聞こえてはきませんでした。寒くてとても立っていられないので、灯りにむかって頭を下げ、早々にベッドに戻りました。

翌日、雪の中を薪運びから火葬、骨上げ、すべて同窓会だけでやり、鈴木義夫は小さな骨壺の中に納まりました。享年十八。悲惨というか、残酷というか、底知れず哀しい生涯でした。親、兄弟、親族は誰も来ず、お骨は現在も、栗生楽泉園の納骨堂の中にあるはずです。

十九　兄戦死

一月二十日ごろになってようやく傷が治り、退室できました。

治った傷痕は、甲の方を切開し、そこから骨を取ったので、指は縮んで、爪が指のつけ根のところへ来ていました。骨が完全になくなった場合、指全部が縮んでなくなってしまうのですが、爪があるためか、それとも爪の下に骨が少し残ったのか、裏側はあまり縮まず、爪についた状態で上へまくれ上がってきました。このため、指のつけ根に爪が逆向き、足首の方を向いてしまい、もとの傷痕はまるで上に来てしまうという変な格好になりました。爪が少し伸びるとひっかかって根元が割れて血が出ます。しかし、膝まで真っ赤に腫れたのに、丹毒《たんどく》だったため、親指がそうなっただけで済んだのですから、よかったと思わなければならないのかもしれません。

退室した時期は、草津で一番寒い時期でした。炬燵《こたつ》に入っていても背中や膝がぞくぞくして、つい炬燵の火を大きくしようとして布団をめくって火をかき立てたり、炭を足したりします。右手の親指を支えにして、他の四本の指で松葉火箸を使うのですが、どうもやりにくく、それに右眼と左眼の視力の差が距離を狂わせ、手が火に近づきすぎて火傷しました。火傷すると左手でやることになり、左手は親指が使えるのですが、きき手でないのでやはりやりにくく、またすぐ火傷します。

こうして交互に火傷するようになり、これが果てしなくくり返されることになったのです。そのたびに、使ってはいけない状態の傷にエヒを使った鳴山看護婦と、左眼にまったく逆効果の薬をつけた木原先生に腹が立ってくるのをどうすることもできませんでした。

このころ特別寒かったのは、気温の低さは毎年のことなので、栄養不良と病気の悪化が影響していたのだと思います。食糧事情は、社会の混乱でまったく好転してきませんでした。相変わらず飢餓状態が続いていたのです。病状の悪化としては、馬小屋の仕事に行ったころからぞくぞくする不快感があり、手足にぽつんぽつんと結節が出はじめていました。それが、丹毒で高熱を出したためか急に増えはじめ、手足ばかりか顔や頭、肩などいたるところに出てきました。丸く半分上に盛り上がったのや、あまり盛り上がらず中で大きくしこりになっているものなど、形は様々でしたが、数多くできていました。

——俺はこれからどうなるのだろう——。空襲がなくなって灯火管制も終わり、夜も明るく電気をつけていられましたが、私は暗い、不安な日々を過ごしていました。そして、あの熱瘤が治ったあと、大風子油注射を打たなかったことを後悔するのでした。

それにしても、あの死ぬほどの強い反応のあと、医者のよほど強い指導でもなければ、再び大風子油を打ち続けることはできなかったろう。そういえば、医者から大風子治療の指導を受けたのは、入園前、大風子丸を持って家に医者が来てくれたときだけである。あのとき医者は、一回二錠、一日三回、毎食後飲むようにと言って帰った。入園後、医者からも看護婦からも大風子油注射を打つようにいわれたことは一度もない。ここで一日おきに大風子油注射をしているから、来て打ってもらうようにと言ったのは、世話係の菰田《こもだ》さんだったし、打ちに連れていってくれたのは同室の間庭《まにわ》さんだった。打った方がいいよと言われたのもすべて同病者からであって、医者も看護婦も一言もそんなことは言わなかった。

医者は、大風子は効果がないと思っているのだろうか？　多少効いたとしても、所詮らいは治る病気ではなく、遅かれ早かれ病気が悪化して死ぬのだから、大風子油を打っても打たなくてもよい、と思っているのだろうか？　もしそうだとすれば大間違いであり、医者としての使命を投げ捨てた行為というべきではないか。たとえ完治はしないとしても、多少効くのであれば、延命治療としてもやるのが医者として重要な仕事であるはずだ。

そして大風子は確かに効く。現に私は入園前の約三ヵ月、大風子丸を飲んで大いに病気が軽快した。入園後、熱瘤で高熱を出すまでの約一年間、注射日にはほとんど欠かさず打ちに行っていた。それでその後の約四年間、病気とは思えないほど健康で、気分も爽快でいられた。私は熱瘤で注射を中断し、病気を悪化させたが、大風子油を自分で買って打った人や、また眼科の竹田先生が試験的に大量に打っていた人たちがいたが、そういう人たちは誰も病気を悪くしていない。この人たちは強い反応がなかった人たちだろうが、もし医者が研究しながら、各人の病状と体力と健康状態に合った薬の量を見出し、反応を最少限に抑えながら大風子油治療を続ければ、大部分の患者は病気を極端に悪くさせることはなかったはずだ。それを最初から、らいは治らない、大風子は効かないと、医者としての職責を放棄してしまっているのではないか。

私はこのとき初めて、病気そのものに対して無関心であるかのように何もしない医師たちに対して疑問を持ち、じゃんじゃん強制収容はするが、強制収容してしまえばあとはほったらかし、「相愛互助」とか「同病相憐」とかとうまいことを言って患者に患者の面倒を見させ、死ぬも生きるも勝手放題という国のやり方に疑問を持ったのでした。

農園作業に出ている間は医局に遠く、作業の合間に注射を打ちに行くことはできなかったので打ちませんでしたが、農園が終わってからは、外科熱を出したときを除いて、たいがい大風子油注射に行っていました。しかし、まったく効果はありませんでした。

いったん大風子で病気がおさまり、再び悪化が始まると、今度は大風子はまったく効かないのです。これで医師たちは大風子は効かないと錯覚し、大風子で治す研究を最初から放棄したのかもしれません。しかし、再燃に対して同じ薬が効かないのはプロミンもＤＤＳ（ダプソン）も同じです。プロミンやＤＤＳの場合は代わりになるカナマイシンやストレプトマイシン、リファンピシンなどがつぎつぎと出てきたので、その欠点があまり目立たなかっただけのことなのです。

三月に入ると気温がゆるみ、身体もほっと温かくなりました。気温がゆるんだといっても、最低気温がマイナス十七、八度だったのが、マイナス十二、三度になり、最高気温がマイナス二、三度だったのがプラス四、五度になっただけですが、これだけ上がれば大変な暖かさを感じます。日中は雪が溶けはじめ、陽だまりの土《ど》堤《て》など土が見えてきます。そうなると、今年は畑をしっかりやらなければと思うのでした。

そういう気分になっていた三月中旬、家から兄の戦死を知らせる手紙が届きました。手紙の内容はおよそつぎのようなものでした。

「兄は、昭和十九年十一月十九日ごろパラオ島方面で戦死という通知があった。遺骨が届いているから、役場まで受け取りに来てほしい、という役場からの知らせに驚いて、家の者皆で行ってみると、白木の箱を渡された。箱があまりに軽いので帰ってすぐ開けてみると、中には兄の名前を書いた紙が入っていただけで、他に何一つ入っていなかった。

戦争に負けて半年もたって、何の通知もないから、兄は生きていてそのうち帰ってくると思っていたのに、一年以上も前に戦死していたなんて……。それも十一月十九日ごろとか、パラオ島方面とか、何もはっきりしたことはわからない。それで空箱を渡されても、本当に戦死したのかどうか、すぐには信じられない」。

手紙の字は父の字でしたが、家族たちの発言をまとめて書いたものでしょう。驚愕、落胆、悲憤懐疑が表われている手紙でした。私もこの気持ちにまったく同感でした。弟も同じ気持ちだったと思います。南方からの引揚げも本格的になり、間もなく兄も帰ってくるだろうと思っていたのです。兄が帰ってくれれば家の方は心配なくなるし、私たちのことも何かと助けてくれるだろう。そういう優しい兄でした。

弟が病気になったとき、姉にすがって泣いた兄。熱瘤で死にそうになったとき、母を連れて飛んできてくれた兄。出征するとき、「俺は兵隊では死なない。必ず帰ってくる。帰ってきてまた会いに来るから、それまで元気でいろよ」と言って、松村まんじゅうを買ってくれた兄。あのときの別れが今生の別れになったなどと、とうてい信じることはできませんでした。

けれども南方へ転戦していたとすれば、南方では玉砕も多く、混乱の中で死ぬ者も多くいただろう。十一月十九日ごろ、パラオ島方面で戦死という曖昧な通知でも、遺骨と称して白木の空箱を渡したとすれば、それ相当の根拠があってのことだろう。兄はもう帰ってこないかもしれない。一方でそういう気持ちも拭いきれず、心の底が暗く、暗くなるのでした。この通知の約一年後、戦友だったという人から、パラオ島の逆上陸作戦で、上陸用舟艇とともに沈められたときかされました。

私は兄のことを叔母に伝えようと、行ってみました。すると叔母は、「寛《かん》が硫黄島で玉砕したと知恵から連絡してきた」と言って泣いていました。

寛とは叔母が病気になる前に産んだ三人のうち一番下の子で、真ん中が女の子、上が病気になった従兄《いとこ》でした。叔母が病気になったことを理由に離婚されたので、祖母が怒って三人の子供を引き取ってしまい、祖母が育てたのでした。祖母の実家であるため、私たち兄弟も祖母の家へよく行きましたので、私より四つ年上のこの従兄を寛ちゃんと呼んでよく遊んでもらいました。

寛ちゃんは、兄の出征より少し遅れて正規の兵役で入営し、そのまま引き続き戦地に行って、どこにいるかわからなくなっていたのです。寛ちゃんも入営する前面会に来て叔母のところで一泊し、翌日、従兄と私とで草津町まで送っていきました。そのとき寛ちゃんも、兄とまったく同じことを言いました。

「俺は兵隊では死なない」

そう言って出ていった二人でしたが、二人とも、無謀な戦争の犠牲になってしまったのです。

間もなく彼岸の中日が来たので、私は叔母と二人で、万馬君がいた仏教所へお参りに行きました。上田さんは病気が悪化して代僧をやめ、代わって小関一一《かずいち》さんが代僧を務めていました。

法要が終わって仏教所を出ると好い天気で、陽差しもだいぶ強くなり、道路の雪が溶け出していました。踏み固められてすっかり氷になった道路の真ん中に、細い、深い溝ができ、その中を雪溶け水がちょろちょろと流れていました。こうなると早く、園内中の道路の雪は、四月一日までに全部なくなるのがそのころの毎年の気候でした。遅い春です。そのため、水仙もたんぽぽも、梅も桜も一ぺんに咲くのです。

私は治療に通うだけで、他にすることはないので、彼岸のお参りに行ってきたあと、兄のこと、年老いてゆく父母のことばかり考えていました。

兄の戦死が間違いだったということが、ないとはいえない。そうであってくれればいいが……。間違いであって、兄が帰ってきてくれれば、父母の老後は安心である。父母はあと二、三年で六十だ。六十過ぎてから働けたとしても、自分たちのくらしを維持できるのは数年だろう。弟は旋盤工だったが、軍需工場がなくなって旋盤工には戻れず、身のふり方を決めかねていた。兄が帰らない場合、次に父母を扶養すべき者は私だが、私はこんな身体だからそれはできないし、いったい父母の老後はどうなるのだろう?……

そんなことをくり返し考えているうちに、ふと私は〝自分はこんな身体だから父母を養うことはできない〟という考えに疑問を持ちました。本当にそうだろうか? そうだとしたら、自分は何の役にも立たない廃人であると自ら認めることになるではないか。自ら自分自身を廃人と認めることはできない。それでは豚より劣る役立たずとののしる山口馬吉を怒ることもできなくなる。ではどうすればよいのか?……

このとき私は、河上肇の『第二貧乏物語』の中に、労働には知的労働と肉体的労働があると書いてあったことを思い出しました。確かに世の中には、知的労働で生活している人たちと、肉体的労働で生活している人たちとがいる。そして、知的労働で生活している人たちの方が、肉体的労働で生活している人たちより良い生活をしている。とすれば、脳が侵されない限り、親を養えないということはできないのではないか。私は脳は侵されていない。だからこそ、自分を廃人と認めることはできないのだ。肉体的労働ができないから親を養えないと考えたことは、最初から知的労働をしようとする努力を放棄した、言い逃れではないのか?……

こういう考えが頭に浮かび、それを打ち消すことができなくなりました。では、知的労働として何をすればよいのか? 会社を作ることも、政治家になることもできない。そういう対人関係のあるものはすべて除外しなければならない。対人関係がなくて、知的労働の代価が得られるものといえば、自分自身の知的生産物を売る以外にない。学者になって売れる論文や評論を書くとか、売れる小説家になるとか、音楽は手が悪いからだめ、絵は子供のときから苦手で、木を描けば幹より枝の方が太くなって友だちに笑われていたのだからだめ。結局学者になるか、小説家になるしかないのでした。

しかし、いずれも雲をつかむより難しいことでした。第一何の基礎学問もなく、どうして勉強したらよいかもわからないのですから……。しかしいかに難しいことでも、何もしないうちにあきらめるということはできない。「窮すれば通ず」という言葉もある。やがて園の給食だけで生きてゆけるようになるだろう。この身体では、もう作業に就けそうにもない。そうなれば治療に行くだけで、あとはまるまる暇である。この暇を利用して猛勉強すれば、何とかなるのではないか。いや、必ず何とかしなければならない。論文や評論が売れる学者になるより、売れる小説が書けるようになる方が可能性は高いのではないか……。よし、小説家になろう。売れる小説家になって、父母を養おう。

そういう大望というか、大それたというか、決意を固めたのでした。けれどもそれから間もなく、正面から死と対決する、ハンセン病そのものとの熾烈《しれつ》な闘いが始まることになったのです。

そのことは第二部で書くことにして、ここまで読んできてくださった皆様方に感謝しつつ、第一部はここで終わります。ありがとうございました。

二〇〇二年一月二十三日

あとがき

この自分史を書こうと思ったのは、「らい予防法人権侵害謝罪・国家賠償請求訴訟」東京裁判の原告として「陳述書」を書いたのが動機です。「こんなに長い陳述書を書いた人はいない」と弁護士の先生に言われましたが、それでも、裁判所へ提出する陳述書は、自分自身が「らい予防法」によって受けた被害を書くだけで、そのときの生活状況、周囲で起きたことなどを書くことはできません。そうした陳述書を書いていて、自分の人生は、まるまる「らい予防法」で生きた人生だったなと、今さらながら思われました。この「らい予防法」で生きた人生の生活記録を、自分史としてまとめておきたいと思ったわけです。

動機がそうでしたので、表題が「らい予防法で生きた六十年の苦闘」ということになり、内容もそれに見合ったものになりました。しかし、人間苦しみだけで何年も何十年も生きられるものではなく、そこには面白いことも、楽しいことも、喜びもあったわけです。〝あった〟というのが当たらないとすれば、苦しい中でもそれを見出して生きるのが人間ではないでしょうか。

たとえば、笹の実を粉にした石臼は、以前に残飯を干飯にして、それを粉に挽いて、干さない残飯と混ぜ、それを蒸して搗《つ》き、だんごにするために六合村《くに》から買ってきたもの、と書いてありますが、蒸したものを搗くのは、すり鉢の中ですりこぎ棒でついていたのです。ところが、在園者の中に、餅搗用の臼と道具を持っている人がいて、それでついてだんごを作りました。残飯が材料とはいえ、そうすればうるち米で作っただんごに近いものになります。これを知った他の人がさっそく六合村へ臼を買いに行きましたが、石臼と違って餅つき用の臼は六合村でも不用品ではなく、必需品ですから売ってくれません。それで、谷へ行って大きな欅《けやき》の切株を探して背負い上げ、「うさぎ佐藤」という人に頼んでうすを彫ってもらいました。

この佐藤さんという人は、医局の実験用動物のうさぎやモルモットの飼育係作業をしていたので、うさぎ佐藤と呼ばれていました。当時在園者に佐藤さんが多く、名前まではおぼえきれないので、でか佐藤、ちび佐藤、こんちわ佐藤、おけさ佐藤などと、その人の特徴をとらえて呼んでいました。うさぎ佐藤さんは、こびき（木を鋸でひき割って木材にする職業）が本職のようでしたが、臼彫りも本職なみで、道具一式持っており、両手に満足な指は一本もないのに見事な臼を彫り上げました。それを見て、他の人も、俺も俺もと谷へ下りて、丸太を探して背負い上げ、佐藤さんに頼みました。そのころ、谷には欅や栃の木の丸太が結構放置されていたのです。うさぎ佐藤さんは、毎日毎日臼彫りをしていました。

残飯のだんごを作るためにそこまでしなくもよかったでしょうが、単調な生活と、競争心も手伝って、戦争が激しくなり、食糧難で畑作に熱中しなければならなくなるまでは、そうした楽しみを見出していたのです。

山菜採りは戦前、戦中、戦後を問わず、おもしろく、楽しいものでした。雪が溶けるとすぐぜんまいが出てきます。続いて、たらの芽、わらび、蕗と、六月末までは楽しめます。秋になれば栗拾い、茸とり、冬はトランプ遊びやかるた（百人一首）会と、一年中楽しみも喜びもあったのです。本書では、そうした面にほとんどふれることができず、もっぱら「らい予防法」に関わりのある事柄を書く結果になりました。

こうした文章の場合、ともすれば告発調、糾弾調になりがちです。できる限りそうならないよう、読んでくださる方が心おだやかに読み進み、読み終わってくださるよう、心がけたつもりですが、ところどころに糾弾調が出てしまいました。事柄の性質上、自分を抑制しきれなかったためで、何とぞご寛容のほどを願っておきます。

人名についてですが、代診治療をした看護婦と眼科医は仮名にしました。その他の職員は実名です。在園者については、同窓会員は本名の者は仮名に、偽名を使っている者の名はそのまま書きました。その他の在園者は本名か偽名かわかりませんし、ほとんど三十年以上まえに亡くなっている人なので、そのまま使いました。

金子満広さんに、自分史を出版するので文章を寄せていただきたいとお願いしたところ、快くお引き受けいただき、身に余る内容の文章を寄せていただきました。

金子満広さんは、星野操君や私と、小学校の同級生です。肉親以外で発病前の私を知る唯一の方です。六十年安保闘争の際、民主々義擁護群馬県民連合（民擁連）の代表として楽泉園を訪れたことによって再会し、以来ずっと心にかけていただいています。小学校の同級生が、日本の政治を動かす大政治家になっていたことは、大きな誇りです。同時に、その著名な金子さんの出身地は、多くの方々に知られているものと思います。従って金子さんと小学校が同じであると明かすことは、おのずから私の出身地が世間に知れることになります。けれども、昨年五月の熊本地裁判決以降、ハンセン病にかかわる一連の動きで、ハンセン病を患った者の人権と名誉は多いに回復し、差別と偏見も徐々に薄れつつあります。こうした時に、ハンセン病を患った本人とその家族が、勇気を出して自縛を解き、自ら差別と偏見を取り除く努力をしなければ、真の解決にはならないと思い、あえてこのことを明らかにしたわけです。

文章をお寄せいただいた金子満広さんに、心より深謝申し上げる次第です。
最後になりましたが、出版に携っていただいた皓星社のスタッフの皆様にお礼申し上げ、あとがきを終わります。

二〇〇二年二月二十四日

著者略歴

1924（大正13）年10月　群馬県に生まれる

1935（昭和10）年　ハンセン病を発病

1936（昭和11）年　小学校停学

1937（昭和12）年10月　栗生楽泉園に入園

1957（昭和32）年 8月　日本共産党に入党

1965、66、67、69（昭和40、41、42、44）年　栗生楽泉園患者自治会々長を務める

1971（昭和46）年 2月　栗生楽泉園社会復帰者準備地（旧保育所）で印刷業を開業

5月　一般社会人の女性と結婚

1986（昭和61）年 4月　完全社会復帰直前、妻がくも膜下出血で倒れる。片麻痺と脳障害の後遺症残る

1988（昭和63）年 8月　社会復帰断念、山梨県身延深敬園へ転園

1989（平成元）年 8月　駿河療養所へ転所。現在に至る

ハンセン病叢書　「らい予防法」で生きた六十年の苦闘
第一部　少年時代・青年時代

発行　2002年9月13日
定価　2,400円＋税

著　者　沢田二郎
発行人　藤巻修一
発行所　株式会社皓星社
〒166-0004 東京都杉並区阿佐谷南1-14-5
電話 03-5306-2088　ファックス 03-5306-4125
URL http://www.libro-koseisha.co.jp/
E-mail info@libro-koseisha.co.jp
郵便振替　00130-6-24639

装幀　三谷靱彦
印刷・製本　富士リプロ（株）

ISBN4-7744-0320-2 C0095